僕のスライムは世界最強1

A L P H A L I G H T

空 水城
Mizuki Sora

カムイ

時々とぼけた言動をする
パルナ村の村長。

グランドゴーレム

Bランクモンスター。
防御力に優れ
土属性魔法を扱う。

ライム

ルゥの相棒のスライム。
なぜか【捕食】スキルを
持っている。

ルゥ・シオン

冒険者を目指す
ちょっと気弱な少年。

リンド・ラーシュ

腕っ節が強い
村のガキ大将。

CHARACTERS

クル
Aランクの
フレアドラゴン。
鳴き声が可愛い。
シャルム・グリューエン
ギルドの試験官を務める
クールな女性。
クロリア・ハーツ
冒険者を志す
おとなしい少女。
クアロ村出身。
ファナ・リズベル
ルゥの幼馴染で
面倒見が良い
元気な女の子。
ミュウ
ハピネススライム。
回復や支援が得意。

召喚の儀

1

従魔——それは、主人と生涯を共にするパートナー。

時に主人の代わりにモンスターと戦う力になり、時に主人の落ち込んだ心を癒やし、隣に座って一緒にご飯を食べる存在。

家族や友達や恋人とはまた違った、新しい関係だ。

十五歳になり、僕は相棒と出会うための資格を得た。

大好きな冒険譚に描かれた、数々の英雄『テイマー』たちに憧れて、僕も従魔を手にする。

野生モンスター、見知らぬテイマー、伝説に語られる恐るべき怪物。そんな強敵たちとの戦いを熱望し、僕は目を開けた。

しかし、そこにいたのは……

「キュルキュル！」

「……えっ？」

可愛らしい鳴き声と、小さな小さなその姿に、僕は目を丸くしてしまった。

＊＊＊＊＊＊

夕日で赤く染まった村の広場に、木剣を打ち合わせる乾いた音が鳴り響く。

息を切らす僕の目の前に振り下ろされる木剣。

僕は反射的に、右手に持った同じ木製の剣を掲げるが、呆気なく弾かれてしまった。

「ほら、ルゥ！　ちゃんと受け止めろよ！」

叱り声に渋々従い、取り落としそうになった木剣を握りなおして構えを取った。

だが、一般的な男子と比べて明らかに肉付きが悪い……ともすれば女子にすら見間違われることもある僕では、片手で木剣を構えるのもおぼつかない。

次の瞬間、耐えきれないほどの衝撃が手に走り、僕は堪らず尻餅をついた。

「ぐっ……！」

その無様な格好を見て、二度の攻撃を見舞った少年が、わざとらしいため息を吐く。

「はぁ……。しっかりしろよな、ルゥ。せっかく俺が稽古つけてやってんだから」

……どの口が言うのだろうか。

僕は稽古をお願いした覚えなんてないのに。そんな身勝手を押し付けてくる彼に、僕は何も言い返すことができなかった。

ツンツンに尖った（とが）ブロンドの短髪に、布の服をラフに着崩し（きくず）ていて、見るからに活発――というか、ヤンチャな感じで、関わることが躊躇わ（ためら）れる男の子。

僕と同じ村に住んでいて、昔から意地悪をしてくる、リンド・ラーシュ君だ。

僕たちの様子を傍ら（かたわ）から見ていた他のいじめっ子たちが、笑いながら彼に声を掛けた。

「リンド、そのくらいにしておいてやれよ。また泣くぞ、そいつ」

「俺たちは止めたからな」

当然、彼はやめない。

その声に後押し（あとお）されるように、リンド君は木剣を上段に構える。

僕は剣を握ることも忘れて、格好悪く両腕を掲げた。

だがそのとき……

「こら、リンドー！」

どこからか、怒りを孕む（はら）少女の声が聞こえてきた。

その声に反応して、頭上の木剣はピタリとその動きを止める。

周りのいじめっ子たちは、まるでモンスターの襲撃（しゅうげき）にでもあったかのように、慌て（あわ）てこの場から逃げ去っていった。

「やべっ、ファナが来たぞ！」

「逃げろ逃げろ！」

しかし、リンド君だけは動かない。

すぐに一人の少女が駆け寄って来た。

柔らかそうな頬っぺたの可愛らしい顔。風に揺れるショートカットの茶髪と短いスカートが、元気そうな印象を与える。

物心つく前からずっと一緒にいる幼馴染、ファナ・リズベルだ。

「よう、ファナ」

木剣を構えていたリンド君は、それを隠しもせずファナに声を掛けた。

その顔は心なしか、少しだけ嬉しそうに見える。

リンド君が僕をいじめて、ファナがそれを止めに来てくれる。昔から変わらない。

彼は、僕をいじめればファナが来てくれると分かっていて。僕の方も、ファナが助けてくれるのだと、心のどこかで思ってしまっている。

全速力で駆け寄ってきた彼女は、リンド君の胸元に掴みかかる勢いで詰め寄った。

「リンド！　またルゥのこといじめてたでしょ！」

「いじめじゃねえ、稽古だよ、稽古。こいつがどうしてもって言うから」

「ルゥがそんなこと言うわけないじゃん！　どうせまたあんたが無理やりルゥを巻き込んだんでしょ！　ルゥに謝ってよ！」

しかしリンド君は〝やなこった〟と言ってスタスタと歩き去ってしまう。

その後ろ姿を見届けたファナは、心配そうな表情で、地面に膝をつく。

「大丈夫、ルゥ？　どこか怪我しなかった？」

「だ、大丈夫」

僕は労わってくれたファナに、いつものようにお礼を言おうとする。

「あ、ありが……」

「まったくもう、ルゥも嫌なときは嫌ってちゃんと言わなきゃダメだよ。そんなんだからあいつらにいじめられちゃうの。分かった？」

「……う、うん。ごめん」

なんか逆に怒られてしまった。

だけど、少しだけ怖い顔をしていたファナは、次いで大きく胸を撫で下ろす。

「まあ、怪我がなくてよかったよ。明日は大切な儀式があるからね。怪我なんてしてたら、儀式に影響が出ちゃうかもしれないし」

「そ、そうだね」

彼女の優しさに、僕自身もホッと息を吐くが、またしてもお叱りムードに。

「私たちも明日、立派な大人になるんだから、ちゃんと自覚してよ、ルゥ」

「……う、うん。分かった」

その情けない返事を素直に信じたとも思えないが、ファナは大きく頷いて立ち上がった。

そして、いまだ地面に座り込んでいる僕に向けて、手を差し伸べてくれる。

「そんなんじゃ、『召喚の儀』で授かったパートナーに、格好悪いと思われちゃうよ」

「……」

優しさに溢れたその手を見つめて、僕は固まってしまう。

召喚の儀――それは、十五歳になった者が受ける、成人になった証とも言える儀式だ。

モンスターの助力なしでは成り立たないこの世の中では、成人になると自分専用のモンスターを女神様が授けてくれる。

モンスターの種類はたくさんあって、どんなモンスターを授かるかは、儀式を行なってみないと分からない。

希少性や能力の有用性、単純な力の強さによってランク付けされていて、どのランクのモンスターを授かったかによって、その人の価値が決められてしまう場合だってある。

人と魔物の主従関係――それは世界の常識で、ありふれた光景。

従魔を手に入れてこそ、真に大人の仲間入りを果たせるということなのだ。

そしてその従魔を手に入れる儀式こそ、召喚の儀だ。

僕たちは明日その儀式を受け、相棒と出会うことになる。

その相棒に格好悪い姿を見せるのだけはいけない。

情けない僕にしては相当な覚悟を抱き、差し伸べられた幼馴染の手を取った。

こんな僕でも、明日、大人になることができるのだろうか。

生涯を共にするパートナーと出会えば、何か変えられるのだろうか。

その答えは……そしてパートナーとなる従魔は、明日にならなければ分からない。

＊＊＊＊＊＊

パルナ村。

辺境の地にひっそり佇む、人口はおよそ五百人ちょっとの小さな村だ。

そこそこ古くからあるらしい村で、代々受け継がれている掟もかなり珍しいものがある。

それでも、雰囲気自体はとても和やかだ。

最近では子供の数も増えてきて、賑わいを見せている。

それが、僕の生まれ育った故郷だ。

そしてそんなパルナ村では明日、大切な儀式が執り行われる。

十五歳を迎えた子供たちが対象となる、女神様から従魔を授かるための召喚の儀。

人々がモンスターと二人三脚で歩んでいくこの世の中では、儀式で授かったモンスターの適性に合わせて職業を選ばなければならない。言ってみれば、その人の天職を見極(みきわ)めるようなもの。それくらい大切な儀式を、僕は明日、ファナやリンド君など、村の子供たちと一緒に受ける。

本当にこれで立派な大人になれるのだろうか？

そんな疑問を胸に、僕は自宅まで帰ってきた。

僕の家は、丸太を組み合わせて作った、簡素(かんそ)な掘(ほ)っ立(た)て小屋のような建物だ。

「……ただいま」

玄関に入るなり、僕は独(ひと)り言(ごと)のようにそう呟(つぶや)く。

でも、普段なら家の中から返事が来ることはない。この家には僕一人しか住んでいないからだ。

幼い時に両親を失った僕は、現在、父と母が生前に残してくれたこの小さな家で、ずっと一人暮らしをしている。

村の人たちに育ててもらい、どうにか家事や炊事(すいじ)が自分でできるようになってからは、ずっと一人で生活をしてきた。

それは今でも変わらない。

だから、家に帰ってきて〝ただいま〟を言う意味はほとんどないんだけど、ついつい口をついて出てしまう。

それはたぶん、いつだったか、返ってこないはずの〝おかえり〟という声を聞いてしまったから。

そして今日も……

「おかえり～」

少し間延びした幼い少女の声が聞こえてきた。

しかしそれは、家の中からではなく、玄関に入ったばかりの僕の後ろから発せられていた。

僕はジト目になって振り向き、声の主に対して疑問を投げかける。

「一緒に帰ってきて、〝おかえり〟はおかしくない？」

「いいんだよ。ルゥがルゥの家に帰ってきて、それを私が見ていたんだから。それで私は、おじゃましま～す」

「……はい、いらっしゃい」

そう言い合って、僕とファナは家に上がった。

幼馴染のファナは、小さい頃から何かと僕の面倒を見てくれている。

一人で住む僕を寂しがらせないように度々遊びに来てくれたり、仕事の手伝いで疲れた僕のために、家でご飯を作って待っていてくれたり。

だから一人で家に帰っても、そんなファナの〝おかえり〟が聞こえるのを、僕はいつもどこかで期待してしまう。

今日は、いじめられた僕を案じてか、ファナが〝晩ご飯を作りに行ってあげる〟と提案してくれた。

特に断(ことわ)る理由もなかったので、僕は嬉(うれ)しい気持ちを隠しつつ了承(りょうしょう)したのだった。

自分で作るとあんまり美味(おい)しくないし。

「じゃあ、ルゥは座って待っててね」

「うん」

お言葉に甘えて、僕は居間に置かれたテーブルにつく。

ご飯の準備を始める幼馴染の背をぼぉーっと見つめていると、不意に彼女が口を開いた。

「そういえば明日ってさ、私たち召喚の儀を受けるよね」

「えっ……う、うん」

「それでさ、女神様から授かったモンスターに合わせて、お仕事を選ばなきゃいけないじゃん？　それってなんか理不尽(りふじん)じゃない？」

何か真面目(まじめ)な話をするかと思いきや、ただ愚痴(ぐち)が言いたいだけみたいだった。

「まあ、みんなそうしているから、仕方がないんじゃない？」

「でもさ、もし将来お菓子屋さんになりたい女の子がいたとして、授かったモンスターがアンデッド系の、スケルトンやマミーだったら、その夢は絶対に叶わなくなっちゃうと思うんだよね」

「……まあ、確かに」

職業によってそれぞれだけど、授かったモンスターに合わせて仕事を選ぶのが定石だ。そうしないと、確実に不利になる。従魔は生涯を共にするパートナーだから。

ファナが言った通り、アンデッド系のモンスターを授かったとしたら、お菓子屋さんよりも衛兵や狩人の方が活躍できる場は多くなると思う。

しかしそれはお菓子屋さんを目指す女の子にとっては本意ではない。

確かに理不尽すぎる気もするけど……

「今の時代じゃ、授かったモンスターに合わせて職業を選ばなきゃ、絶対に不利になっちゃう。それで不幸になるくらいなら、やっぱり仕方がないことなんじゃないかな」

晩ご飯の準備を進めるファナの背に、僕は僕なりの考えを語ってみた。

しかし、一生懸命考えた末に辿り着いた結論は、ファナの気の抜けた返事で一蹴されてしまう。

「そっか～」

聞いてきたのはそっちなのに。

僕は、無駄だと思いつつもとりあえず続けた。

「それに、才能を可視化できていると思えば、それって結構幸せなことなんだと思うよ」

従魔は、言ってしまえば才能そのもののように思える。

もし、叶えたい夢と授かったモンスターが一致しなかったとすれば、やる前から不向きだと分かるという見方もできるから、ある意味幸せだと思う。

彼女は首を傾げつつも、僕が言ったことを理解してくれたみたいだった。

「でもさ……ルゥだって、もし、なりたいものと自分の才能が合ってなかったら、嫌だなあって思うでしょ？」

「別になりたいものなんて――」

僕は〝なりたいものなんてない〟と返そうとしたが、それは驚くべき一言によって、遮られてしまう。

「冒険者に憧れてるんだよね、ルゥ」

それを聞いて、危うく椅子から転げ落ちそうになった。

寸前のところで踏みとどまった僕は、料理を続けるファナに叫びにも似た声を上げた。

「な、なんでそのことを！」

「ごめんごめん。掃除してるときに、たまたま見つけちゃったんだよね」

そう言って彼女は、背中を向けたまま居間の端っこを指さす。

そこにある小さなテーブルの上には、数冊の本が積み上がっていた。

村の仕事の手伝いでコツコツと貯金をして、少しずつ揃えていった本たち。あらゆる英雄たちの冒険が描かれた、子供っぽくて恥ずかしい、僕のコレクションだ。

「えっ……と……」

「いやぁ、なんか黙っているのも気が引けて、つい。ごめんね」

ていうか、ベッドの下の、さらに奥の方に隠していたはずなのに！

唖然とする僕をよそに、ファナは追い打ちを掛けるかのように聞いてくる。

「それでルゥは、冒険者になりたいの？」

「えっ……えっと……」

冒険者とは、主にモンスター討伐を生業としている者たちのことだ。

それは、召喚の儀で授かった従魔を巧みに操り、時に自らも一緒に戦いながら、凶暴なモンスターを討伐していく職業。

世界には、召喚の儀で授かるようなモンスター以外にも、野生の凶暴なモンスターたちが多数存在する。冒険者はそれらを討伐する貴重な存在だ。

僕は密かに、その冒険者という職業に憧れを抱いている。

――いやこんな本まで所有しているんだから、密かにとは言えないのかもしれない。

熱烈に、貪欲に、僕は英雄に憧れている。

だけどその気持ちをファナに言うのは、なんだか躊躇われて、黙り込んでしまった。

「隠さなくてもいいんだよ？」

そんな僕の心を見透（みす）かしたみたいに、彼女は優しく言った。

やがて僕は渋々ながら——おそらく真（ま）っ赤（か）になった顔で〝うん〟と小さく頷（うなず）いた。

ファナの小さな笑い声が聞こえてくる。

不意に腹が立ってきて、僕は思わず言い返していた。

「僕だけ言うのは不公平じゃないか。ファナの夢も教えてよ」

そう聞くと、ファナは晩ご飯を作る手を止めた。

勢いで聞いてみたけど、幼い頃から親しくしているファナの夢というのは、改めて思い返してみても聞いた覚えがない。

もしかして、まずいことを聞いてしまったのだろうか。

そう不安に思っていると、ファナが言い辛（づら）そうに口を開いた。

「わ、私は……」

唐突（とうとつ）に訪（おとず）れた数秒の静寂（せいじゃく）。

答えるのはファナの方なのに、なぜか僕の方が緊張（きんちょう）してきてしまった。

「実は、私もね……」

ファナが意を決したように口を開いた瞬間、キッチンの奥からプシュー！　という大きな音が鳴り、家中に焦（こ）げた臭いが広がってきた。

僕とファナは反射的にそちらを向き、絶望的な光景を目にした。

「ファナ！　鍋、焦げてる！」

「ご、ごめん！」

途中までは美味しく出来ていたはずなのに、噴きこぼれてしまった鍋。

明らかに底が真っ黒になっている。

ファナは大慌てで鍋の火を消し、後始末をする。

いつもの彼女なら絶対にこんな失敗はしない。

僕は信じられない思いでその状況を見守るが、しかし先ほどの質問をうやむやにする理由にはならない。

「それで、ファナの夢ってさ……」

だが、言い切る前に彼女はこちらを向き、なんでもないようににっこりと笑って答えた。

「私は……特にないよ」

思わず僕は口を閉ざし、椅子の上で固まった。

先ほど彼女が口にしかけた答えと、少し違う気がしたから。そしてその笑顔が、どこか作り物めいていたからだ。

だけど、〝この話題はもうおしまい〟と言わんばかりのファナの態度を見ると、それ以上追及するのは憚られた。

結局僕は、自らの恥ずかしい夢を暴露させられただけで、価値のあるものは何も得ることができなかった。

「……ずるいな」

今日の晩ご飯もあんまり美味しくないんだから、まったく救われない。

2

召喚の儀、当日。僕たちは村の教会に集まっていた。

教会の内部は子供達の声でがやがやと騒がしい。

召喚の儀を受ける子供たちが多いのはもちろん、大人たちも大勢見物に来ている。

まあ、年に一度の村の大イベントだから、仕方がないんだけど。

「よう、ルゥ。お前も召喚の儀、受けるんだな。本当に十五歳になったのか？」

教会の端っこで周りの様子を窺っていると、不意にリンド君が声を掛けてきた。

わざわざ友達の輪から外れて、僕のところまで来たらしい。

皮肉が篭もる挨拶に、僕は苦笑しながら頷く。

「う、うん。まあね……」

すると、やり取りを見ていたのだろうか、村人たちの間からファナが駆け寄ってきた。

「こらリンド！」

「何もしてねえっつーの」

彼女の声に、リンド君は鬱陶しそうに顔をしかめる。

ファナは僕を背中に隠すように立ちはだかり、リンド君は捨て台詞を吐いてこの場を立ち去っていった。

「せいぜい格好いいモンスターを呼び出して見せろよな、ルゥ」

相変わらず意地悪なことを言ってくる。

ファナは肩をすくめてため息まじりに呟いた。

「バッカみたい。授かるモンスターは自分で選べないっていうのに」

その通りだ。だからこそ、子供も大人もハラハラドキドキしているのだ。

ファナと雑談を交わすこと数分。ついに待望の召喚の儀が始まった。

「それではこれより、召喚の儀を執り行う。儀式の対象となる者は前へ」

パルナ村に一番近い街——グロッソから来た神父様の声が上がった。

召喚の儀を行うには、儀式について学んだ者、つまりは神父様の存在が不可欠だ。

辺境の田舎村にはそんな人物はおらず、大きな街から呼んでくるのが通例となっている。

神父様の指示に従い、僕たちは教会の真ん中に集まり、彼が書いたと思しき召喚陣の前に一列に並ぶ。

先を競う子供たちに押しのけられ、僕とファナは最後尾となってしまった。

「それでは一人ずつ儀式を受けてもらう。両手を召喚陣の上へ」

その声を受けて、先頭に立っていた少年が元気よく返事をした。

そして言われた通り、膝をつき、召喚陣に両手を当てる。

瞬間、円形の陣から真っ白な光が放たれ、教会の中を明るく照らし出した。

これが従魔召喚。生涯のパートナーと出会うための、召喚の儀。

光が収まると、召喚陣の真ん中に一匹のモンスターが出現していた。

針のように尖った白い毛に、獣らしい鋭い牙と爪。恐ろしくも格好いい、立派な白狼だ。

「ホワイトウルフ。Cランクモンスターだ」

神父様は手に持っていた本――おそらくはモンスターの詳細が書かれた図鑑――に目を通し、そう宣言する。

周りからは大きな拍手と歓声が上がった。

「いきなりCランクモンスターかよ」

「今年は豊作かもな」

村の大人たちは口々に、一人目の少年を称える。

Cランクモンスターは、確かに素晴らしい結果と言っていいだろう。

モンスターにはそれぞれ、ランクというものが設定されている。

強さ、応用性、希少性。この三つを総合的に判断し、モンスターの価値——ランクを定めているのだ。

ランクは全部で六つ。

上からA、B、C、D、E、F。

一般的にDランクモンスターを当てれば仕事には困らなくなると言われているので、Cランクモンスターを引き当てたあの少年の召喚の儀は、十分成功したと言っていい。

パルナ村は元々、高ランクモンスターのテイマーたちを輩出することで有名だ。

昨年はどうやらあまり良い結果が残せなかったらしく、大きく肩を落としていた人たちが多かった。

まあ、去年のこの時期は流行り病が猛威を振るっていて、召喚の儀を受けた子供たちがそもそも少なかったから仕方がないんだけど。

それに対して今年は、十五歳になった子供たちが多いのみならず、昨年病気のために召喚の儀を受けられなかった子供たちも集まったため、昨年に比べて倍以上もの人数となった。

おかげで村はかなりのお祭り騒ぎになっている。

一人目でCランクモンスターが出たとあって、村人たちの期待は高まるばかり。

「それでは次の者、前へ」

控えめにガッツポーズをする少年に続き、儀式は順調に進められていった。

「ラージホーネット。Dランクモンスター」

「ベノムスパイダー。Dランクモンスター」

「エリートエイプ。Cランクモンスター」

神父様がモンスターの名前とランクを口にする度に、村人たちは拍手と歓声を上げた。

そして子供たちは一生を共にするパートナーと出会って、喜びの笑みを浮かべる。

早く僕の順番が回ってきてほしい。

わくわくしながら召喚の儀の列に並んでいると、神父様から驚きの声が上がる。

「び、Bランクだ！　グランドゴーレム！　Bランクモンスターだ！」

その声に教会の中にいる村人たちは全員、口を噤んで前方を注視した。

そこには、他のモンスターとは大きさも雰囲気もまるで違う、頑丈な岩のブロックを積み上げたような、巨人型のモンスターが鎮座していた。

「何……あれ……」

僕は驚きのあまり声を漏らしてしまう。

一目見ただけで、そのモンスターの強さ、恐ろしさが分かる。

神父様が言った通りなら、あのモンスターの種族は力と堅さが自慢の、ゴーレム種。

　その中でも、Bランクのグランドゴーレム。

　一体、誰がそんなモンスターを……

「リンドの奴(やつ)、いいモンスターを引き当てたみたいだね」

「えっ……」

　不意に、どこか忌々(いまいま)しげなファナの声が聞こえてきた。

　彼女は、僕の前に並んだまま身を乗り出して、前方の召喚陣を窺っていた。

　見ると、確かにグランドゴーレムの前で誇(ほこ)らしげに笑っているリンド君の姿があった。

　彼が立ち上がったのと同時にグランドゴーレムが咆哮(ほうこう)を上げ、村人たちが盛(も)り上がる。

「すげえ！　Bランクモンスターだ！」

「よくやったぞ、リンド！」

「パルナ村じゃ何年ぶりだ⁉」

　初めにCランクモンスターを出した少年の時よりも一層、教会の中は騒がしくなる。

　彼にいじめられている僕でさえ、ついつい拍手してしまいそうになった。

　数々の冒険譚を読んできた僕には分かる。

　Bランクモンスターは、それらの物語に多数登場し、現代の凄腕(すごうで)冒険者たちの間でも主戦力になっている貴重な存在だ。

　一説によると……Dランクモンスターを召喚できるのは五十人に一人。Cランクは百人に一人。Bランクになると千人に一人と言われている。

その情報が正確かどうかは分からないけど、希少な存在であるのは間違いない。

いまだ唖然としている僕は、そんなモンスターを引き当てたリンド君に見入っていた。

すると彼は周りの声援に応えた後、列の最後尾にいる僕をまっすぐ見返してくる。

いつも一緒に遊んでいる友達の方ではなく、見物に来ている両親の方でもない。

僕と、そしてファナに、遠目からでも分かるくらい、勝ち誇った顔を向けてきた。

それに対して、ファナはムッと顔をしかめる。見てろよと言わんばかりに袖をまくり、ついでに舌まで出していた。

反対に僕は、わくわくしていた気持ちがすっかり萎えてしまった。

まさかリンド君があそこまで高ランクのモンスターを召喚するなんて、思ってもみなかった。彼と同じか、それ以上のモンスターを呼び出せなければ、またからかわれるに違いない。

不安を抱えて肩を落としていると、儀式はいつの間にか僕とファナを残すのみになっていた。

「では、残るはそこの二人だ。前へ来い」

「は～い」

「……」

気楽に返事したファナと違い、僕は無言でとぼとぼと召喚陣の前に出る。

それを確認した神父様は、他の子たちと同じように、儀式のやり方を教えてくれた。

「それでは、この召喚陣に両手を当てなさい。それだけで従魔を呼び出せる」

「は〜い」

再び気楽な声で応えると、ファナは僕よりも前に出て、にこっと笑った。

「それじゃルゥ、私から行かせてもらうね」

「うん」

異論はなし。

僕は意図せず今年のパルナ村の召喚の儀で、大トリを務(つと)めることになった。

そしてファナは、召喚陣の前に膝をつく。

両手を陣に当て、これからやって来るパートナーと心を通(かよ)わせるように、そっと目を閉じた。

瞬間、凄(すさ)まじいまでの真っ赤な光が召喚陣から放たれる。

今までとは比べ物にならないほど強大な反応。

光は教会の中を赤一色に染め上げて、見物していた村人たちの目を容赦(ようしゃ)なく襲(おそ)った。

そして僕たちは……召喚陣の中央にいる、巨大な影を目にする。

「こ……これは……」

神父様は、信じられないとばかりに声を漏らす。

赤い鱗をまとった爬虫類状の体。はばたくだけで強風を起こしそうな巨大な両翼。獣型モンスターにも負けない鋭い牙と爪。

それは、あらゆる英雄譚で、時に頼りがいのある味方として、あるいは英雄たちを苦しめる凶悪な敵として描かれる伝説上のモンスター、超が付くほどのレアモンスター……ドラゴンだった。

硬直していた神父様は、はっとなって図鑑を開き、食い入るように目を通して叫んだ。

「フレアドラゴンだ！ 召喚の儀で呼び出せる最高クラスの、Aランクモンスターだ！」

しかし村人たちは先刻のように盛り上がったりはしない。

パルナ村でも昔は、Aランクのモンスターを呼び出す人がいたらしいが、ドラゴンとなると話は別のようだ。

突然、伝説上の魔物を目の前に召喚されて、皆どうしていいのか分からず固まっている。

僕もそのドラゴンを見上げて竦んでいた。

召喚の儀によって呼び出されたモンスターは、主人に絶対服従。命令されなければスキルや魔法を使うこともできない。だから、このドラゴンが自分の意思でこの場にいる誰かに襲いかかるようなことは絶対にない。

そう頭で分かっていても、知らず知らずのうちに一歩引いてしまう。

　だが、村人全員の恐怖は、一人の少女のお気楽な声で、あっさり消え去ってしまった。

「うわっ、すごっ！　Ａランクモンスター!?　やったー！　リンドに勝ったー！」

　村人たちを凍（こお）りつかせたフレアドラゴンの前で、ファナは嬉しそうに飛び跳（は）ねる。

　次いで召喚陣の中に踏み込んで、ドラゴンに手を差し伸べた。

「これからよろしくね、ドラゴンさん」

「クルル」

　赤い鱗をまとったドラゴンは、想像していたよりもだいぶ高い声で鳴いた。

　次いでファナの手の下に頭を滑（すべ）り込ませる。

　撫でて、という意思表示なのだろうか。

　ファナがそれに応え、数回ドラゴンの頭を撫でてあげると、またも可愛らしい声が教会の中に響き渡った。

「あっ、声高いね。もしかして女の子？　スタイルいいからそうだと思ってたんだよぉ」

　ドラゴンにスタイルも何もないと思うんだけど。

　だが、よくよく見てみると、彼女が呼び出したフレアドラゴンは、僕が思い描くドラゴンよりも細い体つきをしている。加えて、どことなく顔が綺麗（きれい）な気がするのだ。

　恐ろしいというより、見入ってしまうような美しさがあるというか……

　それに、体もそれほど大きくない。翼や外見（がいけん）の迫力のせいでいくらか〝盛って〟しまうが、実際は大人一人がちょうど乗れるくらいだ。

下手(へた)したら、リンド君のグランドゴーレムの方が大きいかも。

モンスターにももちろん雄(おす)と雌(めす)があるので、ファナの言う通り、あのフレアドラゴンは雌なのかもしれない。

時間が止まっていたかのように呆然(ぼうぜん)としていた村人たちは、ファナのお気楽な声を聞いて我に返る。そして、リンド君の時とはまた違った盛り上がりを見せた。

「Aランクだ！　Aランクモンスターが出たぞ！」

「しかもドラゴンだ！」

「村全体に伝えろ！」

一瞬にして大騒ぎになってしまった。

当然だ。Aランクモンスターの中でもレア中のレア、ドラゴンなのだから。

騒ぎのせいでしばらく召喚の儀が中断され、僕の順番が残っていることが忘れ去られてしまうんじゃないかと心配になるくらい、ファナに対する称賛(しょうさん)は続いた。

大人たちの中にはファナを街の衛兵や専属の護衛(ごえい)に誘う者、果ては結婚を申し込む青年までいた。

彼らはこの村の者ではなく、優秀(ゆうしゅう)な人材を見つけるために見学に来ていた、大きな街の人間たちだろう。

そして皆がようやく落ち着きを取り戻し、ついに僕の番がやってきた。

「では最後、そこの少年」

「は、はい」

僕はおずおずと召喚陣の前に歩み出る。

その最中、儀式を終えて見物に移っていたファナが手を振ってくれた。

「頑張れ、ルゥ！　私と同じAランクモンスター出しちゃえ！」

「あ、あはは……」

たぶんそれは無理。

しかし、そんな無茶な声援のおかげで、変な緊張感はなくなった。

村の大人たちはファナのAランクモンスターが見られて満足し、その余韻に浸って気分良く帰りたいと思っているだろう。

そんなプレッシャーすら、今は感じない。

僕は召喚陣に両手を当てる。

これからやってくる、生涯を共にするパートナーを思い、祈りを捧げるように目を閉じる。

これが僕の、召喚の儀。

僕も、他の皆やリンド君みたいに。

最高クラスのモンスターを呼び出した、ファナみたいに。

これまで読んできた冒険譚の、英雄みたいに。


──力がほしい。


瞬間、目の前の地面に描かれた召喚陣が、水色の光を放ちはじめた。

目も開けられないほど強い光で、ファナの時と同じくらいの強烈な反応だ。

薄暗い教会の中を明るく照らし出した水色の光はやがて弱まり、召喚陣の中心に収束するようにしぼんでいく。

皆、一斉に目を開けた。

他の従魔たちとは比べ物にならない大物を期待し、わくわくした様子で召喚陣の中央に目を向ける。

しかし、そこにいたのは……

プルプルとした丸い体が特徴の、小さな小さなモンスター。

全身が透明感のある水色に染まっており、その中央にはくりっとした黒い瞳が二つ付いている。

他の子たちの従魔とは、迫力も大きさも全然違う、とても可愛いらしいモンスター。

そのモンスターは僕たちの視線に気がつくと、挨拶をするように召喚陣の上でぴょんと跳ねた。

「キュルキュル！」

この場に似つかわしくない、なんとも可愛らしい鳴き声が教会の中に響き渡った。

「……えっ？」

先刻のファナの召喚の儀とは、また違った種類の沈黙。

驚くというより、唖然とするような反応。

誰も、何も言わなかった。

そこに、召喚の儀を取り仕切る神父様の声が小さく響く。

彼は右手に抱えたモンスターの図鑑を開くことなく、ぼそっと呟いた。

図鑑を見なくても簡単に分かってしまう。

僕にだって、分かる。

村のみんなだって知っている。

このモンスターを知らない人なんていない。誰もが一度は見たことがある、特別なことなんか何もない、ごくありふれたモンスター。

「……スライム。Ｆランクモンスター」

召喚陣の上にいるスライムは、神父様の声に応えるように、その体を震わせた。

「キュルキュル！」

こうして僕は、相棒と出会った。

＊＊＊＊＊

召喚の儀が終わった後のことを、僕はあまり覚えていない。

パートナーになったモンスターがスライムだった、という衝撃のせいもあると思う。

だけど一番は、あの衆人環視の中で最低ランクのモンスターを召喚してしまい、教会が揺れるほどの大爆笑を買ってしまったことが原因だ。

人生で一番恥ずかしい目にあった。

当然、同じく召喚の儀を受けたいじめっ子たちは、僕を指差してバカにしてきた。

リンド君に至っては、〝なんだよそのモンスター、格好よすぎだろ〟と、窒息しそうなほどに笑っていた。

本当に恥ずかしい。

「ねえルゥ？　今日も晩ご飯、作りに行ってあげよっか？」

召喚の儀を終えて足取り重く帰宅していると、後ろからファナが声を掛けてくれた。

落ち込んでいる僕を慰めるつもりだろう。

あの場において、笑わなかったのはファナだけだ。

まさか神父様も笑うとは、夢にも思わなかった。

僕はどうしようか迷いつつ、後ろを振り向く。

そこには凛々しくて格好いいフレアドラゴンを連れた女の子がいた。

その光景を見ると、変なところが痛みだす。

隣でぴょんぴょん跳ねている相棒のスライムに無意識のうちに視線を落とし、僕はつい口走ってしまった。

「いや、今日はいいよ」

「……そっか」

再び重い沈黙が訪れる。

ファナとは小さい頃からの付き合いだけど、こうも話が続かないのは初めてだ。

それを嫌ってか、後ろからついてくるファナが話を振った。

「ところでさ、ルゥはもうその子の名前決めた？」

「……名前？」

「うん。召喚の儀で授かったスライムちゃんの名前。テイマーになったら、それも決めなきゃいけないじゃん。まあ、そのままモンスターの種類で呼ぶ人もいるけど、ルゥはどうなのかな〜って」

「えっと、じゃあ……スライムだから、ライム……とか」

「ライム……ちゃん？　ぷっ、安直すぎ」

「……かもね」

ファナが一生懸命この場を盛り上げようとしてくれる。

だけど僕は適当な相槌を打つことしかできない。

いつもなら、落ち込んでもすぐに吹っ切れて、何事もなかったかのように彼女と会話ができるのだが、今回だけはそうもいかない。

今の僕の落ち込み方は、意地悪をされた時とはまったく別のものだ。

再度静寂が二人を包む中、不意にファナが声を落として聞いてきた。

「ねえルゥ、これからどうするの？」

質問の意図が分からなかった僕は、彼女の方を振り向いて首を傾げる。

「……これから？」

「うん。儀式が終わった後、村長のカムイおじさんから話を聞いたでしょ」

「えっ……と……」

そう言われて必死に思い返してみる。正直言って、僕は自分の召喚の儀が終わった後のことを、あんまり覚えていないのだ。

村長のカムイおじさんは、両親がいない僕の面倒を見てくれた人だ。

ていうか、今もお世話になっている。

あの後、おじさんは何を言ったんだっけ？

「ほら、私たちの進路のこと」

「あぁ……」

ようやく思い出した。

召喚の儀を受けた子供たちを集めてカムイおじさんが話したのは、僕たちの進路のこと。

基本的に、女神様からモンスターを授かった子供たちは、モンスターに合わせて仕事を選ぶことになる。

自分の夢と従魔が見事に合っている人は、そのまま夢を追いかければいいし、合っていなかった人は、ある程度妥協（だきょう）してモンスターの適性に合った仕事を選ばなくちゃならない。

中にはそんなこと関係なく自分の夢を追いかける人もいれば、単純に代々の家業（かぎょう）を継ぐ人だっている。

そんな将来の話の他に、村の掟についても教えてもらった。

パルナ村では、少なくとも二十歳になるまでは村で仕事をしなければならないという掟がある。自分を育ててくれた村に恩を返すという意味もあるが、十五歳を迎えたばかりの新成人たちをいきなり外の世界に出すのは危険という判断だ。

村での仕事を五年続けてみて、それから自由に仕事を選べばいいという、現実的な掟だった。

ファナはそれについて聞いたのだ。

しかし僕は、逆に質問で返した。

「……ファナはどうするつもりなの？　召喚の儀が終わった後、たくさんの人たちから勧誘を受けてたよね？」

そして、胸の内が痛むのを自覚しながら続ける。

「それに、Aランクモンスターを召喚できたんだから、今すぐに村を出られるでしょ」

パルナ村の掟には例外がある。それは、Aランクモンスターを召喚できた者は、五年の奉公をまたず、自由に道を選べるというもの。突出した才能を持つ若者を、五年も村に縛り付けておくのは勿体ないという判断から生まれた特例らしい。

十五歳を迎えたばかりの子供を外に出すのは確かに危険だが、Aランクモンスターを従魔にしているのだから問題ない。

それに権利を行使するかどうかは召喚の儀を受けた新成人の自己判断。一応、もう大人なのだからということだろう。

「うん、そうなんだけど……」

ファナは曖昧な感じで首を縦に振り、そしてお馴染みのお気楽な声で続けた。

「私も五年は村で仕事しよっかな～って」

「えっ⁉　な、なんで⁉」

その答えに衝撃を受け、反射的に聞き返していた。

「なんでって、それはまあ、なんとなくだよ」

「なんとなく……って。でも、色んなところから勧誘を受けてたでしょ？　王都の衛兵とか、隣国の王子様と……その……結婚とか。勿体なくない？」

「全然。衛兵とか王子様と結婚とか、興味ないし。それに、村にはお母さんがいるから」

ファナは本当に、なんでもないようにそう答える。

彼女の性格なら、ただ報酬（ほうしゅう）がお高いだけの職業に目がくらむはずもない。

それに彼女は僕と同じように、親を亡くしている身だ。僕のように両方の親ではなく、お父さんだけだけど。

お母さんの名前はルナ・リズベルさん。ファナと同じく正義感が強く、お気楽で、それでいてしっかりしている優しい人だ。

両親がいない僕は小さい頃からそのルナさんによくしてもらった。

そんなお母さんと離れ離れ（はなればな）れになるのが寂しいという理由なら、確かに納得できる。

だけど……

「結局、ファナの夢って、何？」

「えっ、私の夢？」

僕が放った唐突な質問に、ファナは疑問符を浮かべる。

聞けずじまいになっていた彼女の夢は、いったいなんだろうか？

王都の衛兵にも興味がなくて、王子様と結婚することも拒んだ彼女は、いったい何を望んでいるのだろうか？

僕が真剣な眼差しでファナを見据えていると、彼女は小さく笑いながら答えた。

「昨日も言ったけど、私は特にないよ」

しかし僕は、その言葉を素直に信じることができなかった。

だって、昨日聞いてしまったから。

僕が冒険者に憧れているという話題になったとき、彼女が〝実は私も〟と言いかけたことを。

それに、ファナが嘘を吐くときは、いつもこうして作り笑いを浮かべているのだ。

これ以上回りくどいやり取りをするのは嫌だと思い、僕はついに核心に触れた。

「ファナも、冒険者に憧れてるんじゃないの？」

「えっ……」

その質問に、ファナは目を丸くする。

召喚の儀の後にたくさんの人から勧誘を受ける彼女の姿を思い浮かべながら、僕は続けた。

「ファナ、冒険者ギルドの人からも勧誘を受けてたでしょ？　そのとき、すごく嬉しそうにしてた。他の勧誘はすぐに断ってたのに、ギルドからの誘いは保留してた。それって、冒険者に憧れてるからじゃないの？」

「……」

ファナは口を閉ざす。

冒険者は子供たち皆にとっての夢だ。モンスターを巧みに操り、凶悪なモンスターを倒していく英雄のような存在。誰もが一度は憧れる職業だ。

だからファナも、僕や他の子たちと同じように、冒険者に憧れていると思った。

そして彼女は真剣な表情で見つめる僕に観念したのか、小さくため息を吐きながら答える。

「まあ、少しだけね」

……やっぱり。

彼女はさらに続ける。

「でも、それは五年経ってからでいいかなって」

「ど、どうして？」

「だから、それはなんとなくだってば。なんとなく、まだ村にいたいかなぁって」

また彼女は、あの、嘘を吐くときの作り笑いを浮かべた。

僕はこの進路の話を始めてからずっと気にかかっていたことを、彼女に言った。

「もしかして……僕に気を遣ってるなら、そんなの全然いらないよ」

「えっ……」

きっと意味が分からなかったのだろう。首を傾げる彼女に、簡潔に説明する。

「僕も冒険者に憧れてて、それを知ってる自分が先に冒険者になるのが心苦しいっていうなら、そんなのは全然気にしなくていい」

「ちょっと、ルゥ、何言ってるの？」

「だってそうでしょ？」

きっとファナは、冒険者になれない僕に気を遣っているからギルドの勧誘を受けないんだ。

優しい彼女ならなおさらそうするだろう。

だからこそ僕は、彼女にギルドの勧誘を受けてほしいと思っている。

僕なんかのために村で無駄な時間を過ごしてほしくないし、僕のせいで彼女の才能が埋もれるのは忍びない。

だってファナは、Aランクモンスター『フレアドラゴン』のテイマーなのだから。

「だから……僕なんかに構わず、先に行ってよ」

「……ルゥ」

先に行って――これはきっと間違っているんだろうな。

だって、五年経って村から出られるようになったとしても、僕が最弱（さいじゃく）のFランクモンスター『スライム』のテイマーなのは、変えようのない事実なのだから。

Fランクモンスターのテイマーが冒険者になるなんて聞いたことがない。

だから本当は、〝置いて行って〟が正（ただ）しい。

「あのねルゥ、私はそこまで冒険者に憧れているわけじゃないし、それにね、別に急ぐことでもないんだよ。冒険者にはいつでもなれるし、だから……」

なぜか慌てた様子でファナは言い訳がましく捲（まく）し立ててくる。

彼女の優しさが、慰めが、かえって僕の胸の奥に突（つ）き刺さる。

このままじゃ僕のせいで、とんでもない才能を埋もれさせることになる。世に出れば、すぐにでも結果を出せるくらいの人を、僕が縛ることになってしまう。

そんなのは絶対にごめんだ。

Aランクモンスターのテイマーになれた彼女は、いじめられっ子で面倒が掛かる冴（さ）えない幼馴染のことなんか放っておいて、自由に道を決めた方がいい。

それに……僕は、同情されるのも、邪魔者（じゃまもの）になるのも、もう堪（た）えられない。

僕は足を止め、体ごとファナに向き直った。

そして、今まで彼女に対して口にしたことがない強い言葉で、彼女の優しさを拒絶（きょぜつ）する。

「行けよ！」

「……っ！」

自分ですら初めて聞いたかもしれない怒鳴り声。

それを受けてファナは息を呑み、固まってしまった。

「僕なんか置いて行けよ！　弱くて情けない幼馴染になんかに構ってないで、早くどっかに行け！」

手足が震えてくる。

胸の内が痛む。

頭の中が真っ白になる。

それでも僕は、ファナの優しさを拒絶し続けた。

「いい……迷惑なんだよ……」

そして僕は走る。

ファナに背を向け、全力でその場から走り去る。

泣き叫びたい気持ちを抑えて、強く歯を食いしばった。

これでよかったのだろうか。

ずっと自分の面倒を見てくれていた幼馴染の優しさを真っ向から拒絶して、本当によかったのだろうか。

おそらく、よくは……ないのだろう。だけど、これが正解だ。

僕みたいな奴のために貴重な時間を割くなんて間違っているし、それに甘えるのも正しくない。

彼女はAランクモンスターのテイマーで、僕はFランクモンスターのテイマー。

才能が違いすぎるのだから。

不意に、昨日の会話を思い出してしまう。

もし将来なりたい職業と、自分の才能――従魔が合っていなかったとしたら、それはとても理不尽なことなんじゃないか。

僕は〝才能が可視化できているなら、それは結構幸せ〟だと言ってしまった。

やる前から不向きだと分かっていれば、無駄に頑張る必要はない。だからそれはそれで幸せなことなんだと。

じゃあ、今僕は幸せなのかな？

召喚の儀を受けて、自分の才能が改めて分かって、僕は幸せなんだろうか？

いいや、幸せな気分なんて微塵もない。

ハンマーで殴られたみたいに頭が痛いし、胸がはち切れそうなくらい苦しいのだから。

だからといって、不幸せなこともない。

だってこれは自業自得だから。

自分が言ったことで自分の首を絞(し)めているだけなのだから。
やがて僕は自宅に辿り着いた。
ドアを乱暴に開け放ち、そのまま崩(くず)れ落ちるようにして玄関に倒れ込む。
家に着いたら、あとは早かった。
誰も見ていないのをいいことに、嗚咽(おえつ)を漏らしながら泣いた。
抑えきれない涙が、止めどなく瞳の奥から流れてくる。
小さい頃は、よくこうして泣いたものだ。
リンド君たちにいじめられて、そのたびに僕は家に閉じこもって泣きじゃくっていた。
そんな僕をいつも慰めてくれたのが、ファナだ。
ファナがいてくれたから僕は、この家で一人でも大丈夫だった。
リンド君たちにいくら意地悪をされても、彼女が慰めてくれたから、堪えてこられた。
涙はいつも、ファナが止めてくれた。
でも、彼女は今、ここにはいない。
ここには僕以外、誰もいない。
「キュルキュル？」
すると突然、後ろのドアから小さな声が聞こえてきた。
僕が乱暴に閉めたせいでちゃんと閉じきっていなかった玄関のドア。

その隙間から、一匹の小さなモンスターが不安げに僕のことを見つめていた。

召喚の儀で授かった相棒、Ｆランクモンスターのスライム……いや、ライムだ。

僕は目を丸くして、ライムの顔を見つめる。

あれだけ全力で走ったのに……

ライムのことなんか考えずに駆けだしたのに……

ライムは僕のことを追いかけてきてくれたんだ。

途端に湧いてきた罪悪感に、僕の心が痛んだ。

玄関先で不安そうにしているライムを手招きして、中に入れてあげた。

ぴょんぴょんと小さく跳ねながら近づいてくる小さくて可愛い相棒。僕はそんなライムを抱き寄せて、頭を撫でた。

こんなことで罪悪感が拭えるはずがないし、許されるとも思っていない。

むしろこれは、自分を慰めるための行為だ。

落ち込んだ時に愛らしい小動物に癒やされるような。

しかしそれでも僕の涙は止まらない。

腕の中にいる自分の相棒と、他の子たちの相棒を、無意識に比べてしまっている。

ファナと自分を、比べてしまっている。

僕は、震える手でライムの頭を撫でながら、涙声で呟いた。

「ごめんね……お前が悪いわけじゃないって、分かってるんだけどな……」

お前が悪いわけじゃない。

リンド君やいじめっ子たちが悪いわけでもなければ、ファナが悪いわけでもない。

悪いのは、僕だ。

全部、僕が悪い。

僕は、腕の中のライムを優しく撫で続けた。

ライムはずっと動かず、僕が泣き止むまでそばに居続けてくれた。

＊＊＊ファナ＊＊＊

召喚の儀の翌日、まだ鳥たちも鳴いていない、肌寒い早朝。

私は、召喚の儀で授かったフレアドラゴンの背に荷物を積みながら、昨日のことを思い返した。

ルゥが怒ったところを見たのは、本当に久しぶりだった。

それに、私よりも女の子っぽい貧弱なルゥが、まさかあそこまで大きな声で怒鳴るなんて、思ってもみなかった。案外彼は、私が知らないところで男の子らしくなっていたのかもしれない。

私はフレアドラゴン――クルルと鳴くから『クル』と名付けた――の背に荷物を積み終え、寝ているお母さんを起こさないように注意しながら庭を出た。

お母さんには昨日、散々（さんざん）お別れの挨拶をしたし、大丈夫だろう。

「行こっか、クル」

「クルル」

クルは小さく鳴き、私の後についてくる。

村の出口を目指す、私の後を。

今日私は、村を出る。

生まれたときからずっと育ってきたパルナ村を。

お母さんや村のみんな、そしてルゥがいるこの村を。

でもこれは、ずっと面倒を見てきた幼馴染に予期せぬ拒絶をされて、拗（す）ねたからじゃない。

単純に、ルゥのおかげで目が覚（さ）めたのだ。

いや、正しく言うなら、ルゥの目が覚めたから、かもしれない。

彼はもう、私の力なしでも大丈夫だ。これ以上お節介（せっかい）を焼く必要はない。

彼が私に背を向けて、逃げるようにして走り去った昨日の光景を見て、私はそう確信した。

それにしても、ルゥが怒ったところを初めて見たのはいつだったろうか。

確かあれは、五、六歳くらいのとき？

時期はあやふやだけど、彼が怒った理由は明確に覚えている。

リンドが、死んでしまった私のお父さんの悪口を言ったからだ。

お父さんをバカにされて、何も言い返せずに泣いている私の姿を、見たせいだ。

いつもリンドに意地悪をされて、もじもじと何もできなかったルゥが、あのときはびっくりするぐらい怒って、あのリンドに掴みかかったのだ。

結局は返り討ちにあって、ボロボロになってしまったけど、私はあのとき初めてルゥが怒ったところを見て、不覚にも格好いいなんて思ってしまった。

それ以来、私は何かとルゥの面倒を見るようになった。

いじめっ子たちに悪戯をされて泣いているところを慰めてあげたり、家で寂しそうにしているときに、ご飯を作りに行ってあげたり、村の仕事で忙しい彼のために、家のことを全部やってあげたり。

そして……彼の夢に付き添ってあげようかな、なんて考えたりもして。

ルゥは、どうやら冒険者になりたいらしい。

だから私も、ルゥが夢について聞いてきたとき、冒険者だと答えようとした。

本当はルゥと一緒にいたいだけであって、そこまで冒険者に憧れているわけじゃない。

弟のような存在のルゥを、放っておけないだけなのだ。

けど、そんなお節介も今日でもう終わり。

ルゥは私から卒業しなきゃならないし、私もルゥから卒業しなきゃ。

私たちはもう、立派な大人なのだから。

私はパートナーのクルを連れて、生まれ育った村を抜けていく。

そして門番を務めている誰かの従魔に、軽く挨拶をしながら出口を跨いだ。

それから私は、なんとなしに村の方を振り返ってみた。

たくさんの木造の家々が連なる、私が大好きな雰囲気の田舎村。

その端っこに建てられた、一際小さい家にルゥが住んでいる。私が何度も訪ねた、思い出深い家だ。

今ごろ彼は、あの家でぐーすか寝ているんだろうなぁ。

村を出るのは、昨日のことを謝ってからでも遅くはないけど、私には彼に合わせる顔がない。彼の気持ちを理解してあげられなかった私が悪い。

そのせいでルゥは、冒険者になる夢を諦めようとしてしまったのだから。

だけど、私は彼の夢を諦めてはいない。

彼が諦めても私が諦めない。

召喚の儀では戦いに似つかわしくない、可愛らしいスライムちゃんが出てきちゃったけど、それでもルゥならなんとかできるんじゃないかと、勝手にそう思っている。

だから、私が彼に向けて送る言葉は——

「ルゥ、先に行って待ってるからね」

聞こえるはずもない別れの挨拶を、小さく口にする。

そして私はクルを連れて、街に続く道を歩きはじめた。

ルゥを置いていくのではなく、先に行って、待つために。

3

色々あった召喚の儀の翌日。

ファナが村を旅立ったという知らせが、朝早くから村中を駆け巡った。

朝一番に村を出て、ここからグロッソの街に向かったと。

彼女のお母さんの話によると、どうやらたくさんあった待遇のいい勧誘の中から、冒険者ギルドの誘いを受けるためにパルナ村を旅立ったらしい。

突然の旅立ち。一言も言葉を交わすことなく、いなくなってしまった。

それでも僕は、自分でも意外なほどに冷静だった。

そうした方が間違いなく彼女のためになるのだから。

本音を言えば、喧嘩別れみたいな感じではなく、一言謝っておきたかった。

だけど、湿っぽいやり取りは彼女の旅立ちに水を差すことになってしまっただろうから、これが最善だったのかもしれない。

謝るのは、また今度でいい。

そう、僕が村を出て、冒険者になったそのときに。

あの後、逃げるように自宅まで帰ってきた僕は、相棒のライムを抱いてひとしきり泣いた。

そのまま泣き疲れて玄関で眠ってしまったのだが、どうやらライムがずっとそばにいてくれたらしく、風邪を引くことはなかった。

スライムって、意外と温かいのだ。

そして、村中騒がしくて目が覚めた僕は、ファナの旅立ちを知った。

それを聞いて寂しくならなかったと言えば嘘になるが、僕が最初に抱いた気持ちは〝嬉しい〟だった。

僕のせいでとんでもない才能が埋もれることがなくなり、そのうえ彼女の夢と僕の夢が一緒だと分かったのだから。

嬉しかった。

先に旅立った彼女に、絶対に追いつきたいと思った。

昨日ひとしきり泣いて、僕はすべてを吹っ切ることができた。

たとえFランクモンスターのテイマーであろうとも、努力すれば冒険者にはなれるはずだと。

一流になれないまでも、三流くらいにならなれるんじゃないかと。

だから僕は諦めない。

何年かかっても諦めない。

ファナが一足先に冒険者の道を走り出したのなら……僕は、こいつと一緒に歩いていく。

「……ライム、ご飯食べよっか？」

「キュルキュル！」

ひとまず、僕はライムと一緒に朝ご飯を食べることにした。

いつも一人しかいなかった家の中に、僕とライムの二人がいる。

度々遊びに来てくれたファナだって、さすがに朝早くから僕の家に来ることはなかったから、この感覚は新鮮だ。

寂しさはまったく感じない。

もしかしたら、独り身の人がペットを飼って癒されるのは、こんな気分なのだろうか？

「じゃあ、ライムはそこに座って待っててね」

「キュル」

ライムの返事を背に受け、僕はキッチンに入って朝ご飯の準備を始める。

食材を取り出し、いつものメニューを二人分作ろうとした、そのとき……

おや？　と僕は疑問を抱いた。

「ところでライムって、何を食べるの？　草とか？」

モンスターの食事についてまるで知らない僕は、ライムが何を食べるのかさっぱり分からなかった。

思いつきで草と言ってしまったが、ライムの反応は……

「キュルゥ……」

露骨(ろこつ)に嫌そうな顔をした。

「じゃあ、僕たち人間と同じ食べ物でいいのかな？」

「キュルキュル」

今度は嬉しそうに椅子の上で跳ねた。

モンスターも僕たちと同じ食事でいいんだ。なんだか親近感(しんきんかん)が湧いてくる。

ファナの料理とは味も見た目も大分劣(おと)った朝食を完成させ、二人して食卓についた。

「それじゃあ、いただきます」

「キュルキュル」

僕たちは一緒に朝食を食べはじめる。

召喚の儀を受ける前は、モンスターと一緒に食べるというのはいかがなものか、なんて考えたこともあったけど、案外違和感なく食事をすることができた。

むしろ、楽しくて癖になりそうなくらいだ。

ライムが嬉しそうにご飯を平らげる姿を見て、言い知れぬ幸福感を覚えた。

朝ご飯を食べ終わった僕は、お茶を一口啜ってほっと息をついた。

なんとなく、これからのことを考えてしまう。

ファナを追いかけると決めたものの、僕が冒険者になるために歩まなければならない道は、果てしなく長い。

「最短でも五年……か」

いや、下手したらもっと長く掛かってしまうかもしれない。

たとえ村での仕事を五年間無事に終えたとしても、Fランクモンスターのテイマーだからという理由でもっと長く村に引き留められる可能性もある。

それに、村で五年過ごす間に僕の心境が変わってしまえば、夢もそれまでだ。

絶対に村を出ると意気込んでいた人が、五年の間に村に愛着を持って、そのまま老後まで仕事を続けた例だって少なくないそうだ。

僕にだってその可能性がゼロというわけではない。

それらすべてを考慮して、最短で五年。

ともあれ、今日から僕は、正式に村で働くことになる。ライムを授かったことで、今後の生活にどんな変化が出るのか、楽しみでもあり不安でもある。

食事の片付けを終えた僕は、今日も仕事をもらいに行くために、身支度をしてライムと一緒に家を出た。

成人を迎えたことでいつもと違う仕事がもらえるはずだと、内心わくわくしている。

もう昼前だというのに、村では依然としてファナが旅立ったという話題で持ちきりだった。

まあ、久々のAランクモンスターのテイマーだから、注目を浴びて当然なんだけど。

それにしても、お母さん以外の人には一言も挨拶なしとか、いかにもファナらしいな。

なんて思いながら村長のカムイおじさんの家に向かって歩いていると、村に住む青年二人の話し声が聞こえてきた。

声を落としてひそひそと話す二人に、僕は〝またファナの噂かな？〟と考えてしまう。

しかしそれは、どうやら彼女の旅立ちとは関係のないもののようだった。

「今年の魔興祭、出場者が一人しかいないんだってよ」

「えっ、なんで？」

「なんでも、昨日召喚の儀を受けてBランクモンスターを授かったリンドが、皆の前で堂々と魔興祭に出るって宣言したから、参加者が誰もいなくなっちまったんだって」

「うわぁ……しらけることしてくれたなぁ」

……魔興祭？　リンド君？

普段の僕ならば、盗み聞きみたいなことはせずにさっさと立ち去るところだが、なぜかこのときだけは、その話に興味を持ってしまった。

魔興祭はパルナ村の伝統行事の一つで、召喚の儀を受けてモンスターを授かったばかりの新成人だけが参加可能な、従魔同士を戦わせるイベントだ。

強いテイマーを輩出することで有名なパルナ村では、召喚の儀と並んで行われるお祭りとして恒例になっている。

授かったばかりの従魔との絆を示したり、単純に力比べをして楽しむ、どちらかと言えば若者向けの催し物だ。

僕も実際にそのお祭りを見たことがあるけど、仕事の合間だったので、あまり積極的に楽しんだ覚えがない。

今年は出場者として参戦できるものの、自分とは関係ないと思っていた。

だが……

「最近は盛り上がりに欠けるから、今年は少しテコ入れするって言ってたのに、これじゃあ全然面白くねえよ」

「あぁ、あれだろ。優勝者には、村を出る権利を与えるっていう……」

……えっ？

思わず自分の耳を疑った。

最近は召喚の儀で戦闘向きの強いテイマーが現れないことから、魔興祭は盛り上がりに欠けていた。

さらに昨年は儀式を受けた子供が少なかったこともあり、祭りは過去最低規模になってしまった……らしい。

だから今年は祭りを一新して、前のように活気を取り戻したいのだとか。そんな話は聞いていたが、まさか優勝者に対する特典の追加なんて……

「くっそぉ……どうせなら俺たちの代のときにやってくれればよかったのによぉ」

「だよなぁ……」

二人の青年はそう言いながら、どこかへ去っていく。

たしか彼らは二十歳以下。まだ村を出ることが許されていない年齢だ。だから愚痴をこぼしていたのか。

でも、これはまだ噂話。祭りを仕切る村長に確認するまでは事実だと断定することはできない。

だけど、もしこれが本当なのだとしたら……

優勝すればすぐに追いつける。

冒険者を目指して旅立ったファナに。

みんな一律に五年かかると思われていたけど、最短なら五日後に縮まる抜け道が用意されたのか。

「ラ、ライム、早くカムイおじさんのところに行こう！」

「キュルキュル？」

僕が叫ぶと、ライムは何事かという感じで首を傾げて固まっていた。

僕はライムを待つのももどかしくなり、胸に抱き上げて村長のカムイおじさんの家まで走っていった。

＊＊＊＊＊＊

少し土臭い空気が漂う大広場を抜けて、僕は村の一番奥まった区画に辿り着いた。

周りの家屋とは若干雰囲気が違った、少し立派な建物の前まで来ると、僕はノックもせずに中に入った。

「カムイおじさーん！」

真っ先に目に入ったのは木製の揺り椅子に座る一人の老人。

枯れ木のような手足、肩の下まで伸びた白髪、同じく真っ白な髭が顎と頬を覆っており、ほとんど顔が隠れてしまっている。

カムイおじさんは僕の来訪に気がつくと、揺り椅子に腰かけたままこちらを向いて返事をした。

「はいはい、カムイおじさんですよぉっと。……んっ、なんじゃルゥか？ どうした？ 仕事の手伝いをしに来たのか？」

御年九十歳、パルナ村最年長であるカムイおじさんだが、相変わらず饒舌な話しぶりで僕のことを迎えてくれた。

僕はこのカムイおじさんのことを、パルナ村で一番〝濃い〟人物だと思っている。

ギョロッとわざとらしく目を見開き聞いてくるカムイおじさんに、僕はライムを抱えたまま狼狽えてしまった。

だけどすぐに気を取り直して続ける。

「そ、それもそうなんだけど、その前にカムイおじさん……」

僕は先刻立ち聞きしてしまったことについて、単刀直入に聞いてみた。

「魔興祭で優勝したら、すぐに村を出られるって……本当？」

　カムイおじさんの目が、さらに大きく見開かれて、まん丸になった。

　まるで魚の目みたい……って言ったら、失礼になるんだろうか。

　彼は一瞬怖い顔をした後、すぐに普通の表情に戻って優しい声で尋ねてきた。

「ほう、もうその話を聞いてきたのか、早いな……」

「あっ、いや……外でたまたまそんな噂を耳にして」

　カムイおじさんはふむぅ、と真っ白な顎髭を撫でる。

　その後〝まぁ、いっか〟と、とてもお気楽な感じで頷いた。

「ルゥの言う通り、今年から魔興祭の優勝者に特典を与えようと思っている。具体的には、〝いつでも村を出られる権利〟をな」

　それを聞いた僕は、先ほどのカムイおじさんみたいに目を見開いた。

　やっぱりあの人たちが言ってたことは間違っていなかったんだ。

　成人を迎えたばかりの子供でも、すぐに村を出るチャンスがある。

　驚き、固まっている僕をよそに、カムイおじさんはその意図を話してくれた。

「さすがに何十年も前から行われている催し物を、ずっと続けるというのは案外大変なものなんじゃよ。時代に合わせて変化させないと、見る方も出る方も退屈なだけになってしまう」

　村を仕切る村長さんが、果たして退屈だなんて言ってしまっていいのだろうか。

でもまあカムイおじさんだから許されるんだろうなぁ。

「それに、今年は召喚の儀を受けた子供たちが多いから、彼らがやる気になるような賞品を用意すれば、過去最大の盛り上がりになると思ったんじゃよ。Aランクと言わずとも、魔興祭で優勝できる者なら、村を出ても問題はないじゃろうしのぉ」

「は、はぁ……」

「それに、ワシも常々〝成人を迎えても五年は村で仕事をする〟なんていう掟はもう時代後れなんじゃないかと、疑問を抱いておる。早くから街に出て広い世界を見て回ることこそが、成長につながるんじゃないかとな」

村長さんがそんなに軽々と掟を否定してしまっていいんだろうか。

確かに、祭りの盛り上がりに関しての不満は時々耳にする。

そんな中、昨日の召喚の儀が逸材揃いだったので、それに乗って魔興祭も盛り上げれば、村にはいい刺激になるだろう。

だけど……

「しかしなぁ……今年は一人しか参加しないんじゃよなぁ……」

カムイおじさんはそう言ってため息を吐く。

「あっ、そっか、リンド君が……」

ファナが旅立った今、パルナ村の新成人の中で最高ランクのモンスターを持つリンド君が、みんなに堂々と魔興祭への参加を宣言してしまったから、参加者が誰もいなくなってしまったらしい。

そりゃ、勝ち目のない戦いに出ようとする者はいないだろう。

相手がCランクくらいならまだしも、Bランクの戦闘型モンスターともなると基礎能力の差がありすぎて勝負にならない。

加えて相手はあのいじめっ子のリンド君。集まった皆の前で大恥をかかされることは目に見えている。

この最強の布陣に切り込める人がいたら勇者だ。

リンド君も魔興祭の優勝特典について知った上でのことなのだろうか？

それなら、わざわざ大きく触れ回って、参加者を減らした説明がつく。

そんなことしなくても、彼のゴーレムなら楽に勝ち上がれると思うけど。

もしかして、リンド君も、村を出たいと思っているのだろうか？

そう思っているなら、彼の夢は一体なんなのだろう？

なりふり構わず村を出たがっているようにも見えるから、よっぽどのことなんだろうけど。

「のう、ルゥ？」

カムイおじさんがおもむろに口を開いた。

「リンドの奴に自重するようにガツンと言ってきてくれんか？」

「……何？」

「ええ⁉　むむ、無理、無理！」

突然のお願いに、僕は混乱する。

リンド君にガツンと？

そんなの、言えるものならとっくに誰かが言っている。

ファナがいなくなってしまった今、同い年で彼を言い負かすことができる人はもういない。

それに、リンド君に大会に出るなというのもおかしな話だ。

こういうのは大人が間に入ってまとめなければ話にならないだろう。

しかしカムイおじさんは、僕にお願いを続ける。

「んじゃあ、誰か参加者を見つけてきてくれんか？　相手が誰もいないんじゃ祭りを盛り上げるどころか、中止にしなくてはならん」

「え……えっと……」

「ファナもいなくなってしまったし、せっかくの豊作年が勿体ないわい。これじゃあワシがしたことが全部無駄になってしまう。まったく、最近の若いもんは根性なしばかりじゃ、わしらのころなんて……」

子供のように揺り椅子をギィギィと激しく揺らしながら、カムイおじさんは愚痴をこぼす。

おじさんの言う通り、このまま祭りが中止になったら、せっかくの豊作年が勿体ないし、その責任はすべて現村長のカムイおじさんに降りかかってくる。

冗談めかしてぶーたれているが、内心は気が気じゃないだろう。

お世話になっているおじさんに、僕がしてあげられることは何か……

「あ、あの……カムイおじさん」

「んっ、どうしたルゥ？」

揺り椅子を止め、疲れた様子で首を傾げるカムイおじさん。

彼のためにも祭りを中止にさせたくないし、村がしらけた雰囲気になってしまうのはやっぱり寂しい。

かといって、無理やり祭りを開催したとしても、自動的にリンド君が優勝では盛り上がらないだろう。

それら全部の問題を一気に解決する方法。

そして僕が今やりたいこと。

すべてが合致したその方法を、僕はカムイおじさんに告げた。

「今年の魔興祭、僕も参加して……いいかな」

＊＊＊＊＊＊

魔興祭を中止にせず、かつ観客を盛り上げる解決策。

それは僕が魔興祭に参加すること。

正直、リンド君に勝てるとはこれっぽっちも思っていないが、少しでも村を出られる可能性があるなら、挑戦しないのは勿体ない。

たとえ勝てなくても、最弱のFランクモンスターのテイマーがBランクモンスターのテイマーに無謀な勝負を挑み、ボコボコになって負けるという、笑いのネタくらいは提供できるはずだ。

カムイおじさんの本意とは若干ズレている気がするけど、イベントの格好はつくから問題はないだろう。

一連の問題を解消できるということで、魔興祭の参加を提案したところ、おじさんは大喜びして、僕をぎゅっと抱きしめてくれた。

だがそうなると、一つ問題が出てくる。

それは試合で実際に体を張って戦うのが僕自身ではなく、僕の従魔であり相棒のライムだということだ。

あくまで魔興祭の主役は新成人たちの従魔。

だからこのまま予定通り祭りが催されると、ライムはリンド君のグランドゴーレムにボコボコにされてしまうのだ。

そこで僕が思いついたせめてもの対策は……

「とりあえず、カムイおじさんから簡単な討伐のお仕事をもらったけど、ライムは大丈夫？」

「キュルキュル」

「……そっか」

隣をぴょんぴょんと跳ねながら歩くライムに、僕は微笑みかける。

魔興祭開催までは五日あるので、それまでに少しでも戦闘に慣れておこうと、僕はカムイおじさんから簡単なモンスター討伐の仕事をもらった。

通常だったら討伐関係のお仕事は、慣れた大人の人たちが請け負うのだが、今回は特別に、魔興祭の参加を決めたお礼ということで仕事をもらえた。

これでライムを強くすることができるし、僕もテイマーとしての戦闘を学べる。

まあ本音を言っちゃえば、冒険譚を読み漁った英雄オタクの僕としては、単純にモンスターを従えての戦闘に興味があったからなんだけど。

「ここら辺かなぁ……」

僕は周囲に立つ木々を見回しながら呟く。

現在僕とライムがいるのは、パルナ村の近くにある広い森。

パルナ村を訪れる旅人や商人がよく通る森で、僕も何度かここで薬草採取などを行なったことがある。

そのときは森の入り口に近いところで仕事をしていただけで、奥に入ったことは一度もない。

なぜなら、この森には野生のモンスターが棲息しているので、子供は入らないように言い聞かされているからだ。

「……よし」

そろそろ目標モンスターの目撃情報があった場所に着く。

基本的にモンスターと戦うのはライムに任せるしかない。

とはいえ、何もしないというのもどうかと思う。

貧弱な僕が、いくら武装をしたところで大して役にも立たないだろうけど、牽制くらいにはなるはず。そう思った僕は、気休め程度に持ってきていた木剣を腰が引けた体勢で構えた。

ライムも緊張した様子で周囲を警戒する。

だが、その前に……

「あっ！」

僕は肝心なことを忘れていたことに気がついた。

本当なら召喚の儀を受けてすぐに確認するべきだったのに。

それはテイマーになった者として――ましてや冒険者を目指す者としては超重要なものだ。

モンスター討伐の直前という危うい局面で思い出した僕は、自分の体のあちこちを確認して、〝それ〟を探す。

誰かが見ていたら、不思議な踊りでも始めたと思われるだろう。

「……あっ」

……あった。

男らしさの欠片もない、僕の真っ白な右前腕に、焼印、あるいは刺青のような文字が控えめに浮かび上がっていた。

名前：ライム
種族：スライム
ランク：F

レベル：1
スキル：【捕食】

相棒のライムの能力に関する情報――ステータスだ。

召喚の儀を受けて従魔を授かった者は、体の一部に従魔のステータスが刻まれる。

主に首から下、体の正面に記載されるのが多いが、稀に顔や背中に刻まれる場合もある。

己の従魔の名前、種族、ランク、能力などの情報が記されているステータスは、従魔を授かったら、真っ先に確認しておくべき代物だ。

あのとき大爆笑を買って頭が真っ白になってしまったから、色々抜けていたみたいだ。

「えっと、これがライムのステータスか……」

予想通りだけど、なんともパッとしない。

きっと他のモンスターと比べると圧倒的に弱いと思う。

「あれ？」

でも、予想していなかったものが、ステータスの一番下にあった。

例外はあるものの、普通はモンスターと何度も戦闘し、レベルを上げてようやく得ることができるはずのスキルが、ライムには初期状態で備わっていた。

スライムに関して熟知しているわけではないが、これはちょっとおかしい。

「ねえライム、このスキルって……」

僕は足元からこちらを見上げるライムに、この謎のスキルについて問いかけようとした。

もちろん、モンスターが人間の言葉で答えてくれるとは思ってないし、それでスキルの全貌が明らかになるとも思っていない。

だけど、それでも何か反応があるんじゃないかと、淡い期待を込めてのことだった。

しかしそれは、寸前のところで止められてしまう。

「グァァァ！」

『……ッ！』

突然の唸り声に反応して、僕とライムは同時に視線を動かす。

木々の奥に目を凝らすと、その声の主がいた。

獣というよりも、人に近い。しかし人とはまったく別の特徴を持ったモンスター――亜人。

男子にしては体格が劣る僕の腰下くらいまでしか身長がない、小人型のモンスターだ。

遠目には小さな子供のようなシルエットに見えるが、両腕の筋肉が異常なほど膨らんでおり、緑色の肌は近寄りがたい魔物だと判断できる。

右手に石でできた棍棒を握り、鬼のような形相で牙をむいているこのモンスターを、僕はよく知っている。

冒険譚にも度々登場するEランクのモンスター、亜人種のゴブリンだ。

これが初めて見る野生のモンスター……。こちらが何もしていなくても、敵意をむき出しにしていて、いつ殴り掛かってきてもおかしくない。

今まで間近に野生のモンスターを見たことがなかった僕は、ひょっとしたら話せば仲良くなれるんじゃないか、なんて甘い考えを抱いたこともあったけど、この様子ではそれどころではない。

「ラ、ライム……あれが討伐依頼のモンスターだよ」

遠くに見えるゴブリンに最大の注意を払いつつ、ライムに声を掛ける。

「キュ、キュルゥ……」

ライムは怯えるような声を上げて身震いした。

あれがカムイおじさんから受けた討伐依頼のターゲット。

最近森に居着いたゴブリンたちの一匹だ。

「ラ、ライム……行くよ」

「……キュルル」

頼りない声で鳴いたライムとともに、僕はゴブリンめがけて駆けだした。

気休めの木剣を両手で握りしめて、正面からゴブリンと対峙する。

その瞬間、奴が叫び声を上げて僕たちに飛びついてきた。

「グァァ！」

その迫力に逃げだしてしまいそうになるが、なんとか堪（こら）えて僕は木剣を上段に構える。

だが、相手のゴブリンは素早い動きで視界から消え、気がつけば僕の真横で棍棒を振り上げていた。

「なっ……！」

完全に剣を振り下ろす動作に入っている僕には、相手の攻撃を避（さ）けることは不可能だった。

石の棍棒が迫（せま）り、僕は痛みを覚悟して、思わず目を瞑（つむ）った。

そのとき……

「キュル！」

ゴブリンの横から、ライムの声が聞こえた。

瞬間、視界の端（はし）から水色のものが現れて、緑色の亜人型モンスターに体当たりして吹っ飛ばした。

体当たりの反動を利用してくるりと空中で一回転したライムは、地面に着地すると嬉しそうな顔でこちらを見上げてきた。

「……あ、ありがとうライム」

「キュルキュル！」

そうだ、僕は一人で戦っているわけじゃない。

それに、テイマーになったからには、僕は従魔の力を引き出してモンスターを倒すんだ。

冒険譚に描かれていた、あの英雄たちのように。

「ごめんライム。今度はちゃんと、テイマーらしく戦うから」

「キュルル！」

僕はライムにそう言うと、右手に持っていた木剣を腰に収めて、ライムの真後ろに立った。

そして命令する。

「ライム、ゴブリンに向かって体当たりだ！」

「キュルキュル！」

ライムは元気の良い返事とともに、ゴブリンに向かっていく。

丸くて柔らかい体を縮こまらせて、バネのように跳ね上がる。

しかしゴブリンは、先ほどの攻撃がまるで効いていないのか、余裕を持って空中のライムめがけて棍棒を振り下ろした。

「グラァ！」

「キュ……！」

バチンと頬をひっぱたかれたような音が鳴り、ライムが僕の足元まで転がってくる。

「だ、大丈夫、ライム？」

「キュルルゥ……」

ライムは弱々しく応える。

今のは僕が悪かった。考えなしにライムに命令を出してしまったから。

人は従魔を授かり、テイマーになったその時点で、『主の声（オーダー）』と呼ばれる特殊な力を得るとされている。

通常では聞き分けられない音が声の中に混じり、自分の従魔に命令を聞かせることができるというものだ。

ある意味、従魔を従えての戦いは、命令を出すテイマーに掛かっていると言ってもいい。

テイマーが相手の行動パターンや弱点を観察し、それに合わせて従魔に指示を出す。

テイマーの役割は従魔をただ戦わせるのではなく、勝つために導くことだ。

それがテイマー。

僕が読んでいた冒険譚の英雄たちも、みんなそうしていた。

優秀なテイマーは、相手のモンスターとのランク差が一つ二つあっても容易く（たやす）埋めてしまうと聞いたことがある。

なので、Fランクのライムだって、僕がちゃんと指示して戦わせれば、Eランクのゴブリンに勝つことができるはずだ。

よく見るんだ。

相手の動きを。行動パターンや弱点を。

僕は、先ほどよりも一層目を凝らしてゴブリンを見つめ、ライムに指示を出す。

「ライム、ゴブリンの周りで攻撃を避け続けるんだ！」

「キュルル！」

元気に返事をしたライムは、ぴょんぴょん跳ねてゴブリンの正面に立った。

そこに、棍棒が振り下ろされる。

「グラァ！」

ライムはそれを俊敏な動きで軽々と回避してみせた。

ゴブリンは続けざまに棍棒を振るってラッシュを繰り出すが、ライムは難なく躱していく。

横に跳ねたり、上に跳ねたり、はたまた転がったり。回避の途中にちょいちょいアクロバティックな動きを交えて、余裕すら見せる。

案外ライムは敵の攻撃を避けるのが上手なのかもしれない。

自分の従魔の特性を知ることも、テイマーにとっては重要だ。

ライムが攻撃を引きつけている間、僕はゴブリンの一挙手一投足に注目する。

攻撃の仕方、行動パターン、それから弱点を。

そして見つけた。

奴の習性。

ライムが回避を行い、たまにゴブリンの真後ろを取ると、奴は恐れると言ってもいいほどに素早くライムから離れようとする。

確かに、普通は後ろを取られれば警戒するものだが、このゴブリンはやけにそれが過剰だ。

まるで背中を隠そうとしているみたいに。

「……ものは試しだ」

僕はすかさずライムに命令を出した。

「ライム、ゴブリンの背中を狙え！」

「キュル！」

ライムは肯定する声を上げて、動きを速めた。

ゴブリンを攪乱するように周囲を跳ねまわり、隙を見つけて奴の背後に回る。

身を縮こまらせて力を込め、全力の体当たりをゴブリンの背中に見舞った。

「キュル！」

「グラァ！」

ドンッ！　と鈍い音が森に響き、ゴブリンが遠くに飛ばされた。

地面を転がり、背中を押さえるようにして苦しむゴブリンを見て、僕は小さくガッツポーズをする。

「よし！」

やっぱり、間違っていなかった。

先ほどライムの体当たりを食らってもまるで動じていなかったゴブリンが、背中に一撃もらっただけであそこまで苦しんでいる。

間違いない、奴の弱点は背中だ。

そこを攻め続ければ、ライムでも十分奴に勝つことはできる。

そう確信し、頬を緩めたそのとき……

「グァァァァァ！」

突然、ゴブリンが木々を震えさせるほどの雄叫びを上げた。

邪魔だと言わんばかりに棍棒を投げ捨て、先刻のライムのように身を縮めて力を溜める。

次の瞬間、奴の体に異変が起きた。

特徴的な緑色の肌が、熱を帯びたみたいに徐々に赤く染まっていく。

両腕の筋肉もはち切れんばかりに膨張し、小さな樽のように太くなった。

人間には不可能な、見るからに異常な現象。

あれは……

「……スキルだ」

モンスターが持つ特殊な力『スキル』。人知(じんち)を超越(ちょうえつ)した現象を起こせる、モンスターにのみ許されたものだ。

そして僕は、あのスキルを知っている。

擦(す)り切れるまで読んだ冒険譚にも、度々登場していた。

亜人種のモンスターのみが持つと言われている、身体強化のスキル、確か名前は……

【限界突破(リミットブレイク)】。

まさかこの森にいるゴブリンが使えるだなんて。

「グラァ！」

驚きのあまり放心していると、ゴブリンはその隙を突くかのように走り出した。

そして素早くライムのもとに接近する。

「キュ……！」

ライムは慌てて逃げようとするが、スキルを使ったゴブリンの動きが一歩勝(まさ)り、間に合わなかった。

強化されたゴブリンの右腕が、ライムの体を捉(とら)える。

「ライム！」

水色の丸い体はボールのように飛ばされ、木々の一本に激突(げきとつ)して落ちた。

「ラ、ライム!」

声を上げ、ライムのもとに駆け寄ろうとする僕だったが、ライムは苦しそうな表情で起き上がり、弱々しく微笑んでみせた。

大丈夫、という意味だろうか。

僕は足を止め、テイマーとしての役割を全うすべく、現状を分析する。

さっきのゴブリンの動きは、スキルを使う前とは比べ物にならないものだった。

油断していたとはいえ、俊敏さで勝るライムにあそこまで綺麗に攻撃を当てられるなんて。

これだと、さっきみたいに動きで翻弄して背後を取ることはもう不可能だろう。

加えて、強化された奴の肉体にダメージを与えるのは困難を極めるはず。

どうすれば……

「あっ、そうだ、あのスキル……」

スキル。

奴がスキルを使ってきたなら、こちらも同じようにスキルで対抗すればいい。

不思議なことにライムには初期状態からスキルが宿っていて、名前からしても戦闘向きのように思える。

もしや、この窮地を救ってくれる鍵になるんじゃないだろうか。

「ライム！」

「……？」

いまだダメージのせいで動けないライムに向けて、声を張り上げる。

相棒がこちらに注意を向けたことを確認し、僕はステータスの最下部（さいかぶ）にあるスキルの名前を大声で告げた。

「【捕食（ほしょく）】だ！」

召喚の儀を受けて従魔を授かった者は、従魔に命令するだけでなく、スキルの発動も指示することができるのだ。

『主の声（オーダー）』は、スキル発動の引き金の役割も担（にな）っている。

主人なしでは任意にスキルを使うこともできない従魔は、野生のモンスターに比べれば非力な存在とも言える。

だからこそ、主人と従魔は一心同体（いっしんどうたい）。一緒にいることではじめて力を出すことができる。

そして僕はライムに命じた。

この戦況をひっくり返すためのスキルを。

しかしライムは……。

「？？？」

首を……いや、丸い体を傾けて疑問符を浮かべた。

これから何か凄いことでも起きるとか？

そう思ったけど……結局それだけだった。

ライムは不思議そうな顔で僕のことを見つめているだけ。

「ぇぇ!?」

スキルが……発動しない!?

いったいどうして？

何かスキルを発動するための条件があって、今は使えないってことなのかな。

スキルにも色々と種類がある。

主人の命令によって引き起こせるものや、命令とは関係なしに常に発動しているものなどなど。

きっとライムの【捕食】なるスキルも常時発動型かもしれないなどと、予想するくらいしかできない。

これで手詰まりだ。

ライムは傷を負い、相手のゴブリンの身体強化スキルもいつまで持続するか分からない。

ここは退くしか……

「えっ……？」

だが、そんな僕の意思に反して、ライムは果敢にもゴブリンのもとに駆けだした。

ライムはまだ、諦めていない。

たとえFランクモンスターでも、Eランクモンスターを相手に怯むことなく戦うんだと。

しかし、このまま戦い続けるのは危険が伴う。最悪、僕とライムの両方が殺されてしまうことだってありえる。

ライムの意思に反してでも、僕が撤退の命令を出せば、それで戦いからは逃れることができる。

でも……僕は退かなかった。

勇敢にも自分よりランクの高いモンスターに立ち向かうライムを追いかけるように、僕も戦うことを諦めはしなかった。

きっと何かある。

あいつに勝つ方法が。

奴は一人で、こちらは二人なのだから。

「ライム、僕が時間を稼ぐから、お前は……！」

「キュルル！」

僕はある一点を指差し、ライムに指示を飛ばした。

命令通りぴょんぴょんとそちらに跳ねていったライムを見届けて、僕は真っ赤なゴブリンのもとへ駆け出す。

「グラァ！」

奴は目の前まで迫った僕をキツく睨むと、樽のように膨らんだ右腕を振りかぶった。

僕は木剣を盾代わりに構える。

だが、奴の右拳が恐ろしい速度で迫り、木剣を易々と粉砕した。

そして勢いを殺しきれなかったゴブリンのボディブローが、僕の腹に食い込む。

「ぐっ……！」

腹を貫かれるような痛みを感じた。

これまでリンド君から受けてきた意地悪とは、比べ物にならないほどの激痛。

体のどこにも力が入らなくなり、目の前が霞んでくる。

これが、戦いの中でモンスターが味わっている痛み。さっきライムも受けた苦しみ。

ただ命令を出して、後ろで見ているだけだったことが、途端に申し訳なくなった。

それと同時に、嬉しくも思った。

同じ痛みを感じたことで初めて、僕たちは一緒に戦っていると言えるから。

「今だ……ライム」

消えてしまいそうな意識の中、僕はゴブリンの右腕を両手でしっかりと掴んだ。

どうせすぐに振り払われてしまうだろうけど、それでも奴の動きを数秒だけでも封じられればいい。

僕は最大の力を込めて、真っ赤な腕を握りしめる。

そして、ゴブリンの後方を見た。

先ほど奴が捨てた石の棍棒を口にくわえて、思い切り振り上げる水色のモンスターの姿を。

ライムは僕が指示した通り、棍棒を拾い上げてきたのだ。

「いけぇぇぇぇぇ！」

ありったけの声で叫んだ。

「キュルル！」

ライムは棍棒をくわえたまま全力で跳ねて、その武器を活かすためにぐるぐると回った。

遠心力の加わった石の塊で、奴の弱点である背中を強打する。

鈍く、それでいて大きな音が響いた。

ゴブリンは呻き声を上げることもなく吹き飛ぶ。

僕は押さえていたゴブリンの右腕をとっさに放すが、巻き添えになって地面に叩きつけられた。

ライムも棍棒を振った反動で、僕の隣に落ちてくる。

見ると、弾き飛ばされたゴブリンの体は、元の緑色に戻っていた。

次の瞬間、その肉体は細かな光の粒に変わり、消滅する。

話に聞いていただけだが、おそらくモンスターが力尽きたときに見られる現象だ。

あとに残ったのは、深緑色のいびつな形をした片手サイズの結晶──モンスターの名残と言われている『魔石』のみだった。

モンスターは力尽きると、現世に自分がいた証として魔石になるのだとか。あるいはモンスターの命の欠片だとも言われる。

本当のところはどうか分からないけど、とにかくこれで僕たちの勝ちだ。

長いようで短かった、テイマーとしての初戦闘に勝利したのだ。

そう確信すると同時に、自然と笑みがこぼれた。

僕は隣で倒れているライムに微笑みかける。

「は、はは……格好悪いね……僕たち」

「キュルルゥ……」

ライムは弱々しい声で鳴く。

本当に、散々な目に遭った。

ボロボロになって、二人がかりで戦って、最後は地面に倒れて。

ようやく倒せたモンスターが、Eランクモンスターたった一匹。

きっと他の人たちだったらもっと上手く、迅速に倒してしまうんだろうなぁ。

それなのに僕らときたら……

これが僕らの才能。力の差であり、ランクの違い。

ホント、格好がつかない。

いや、勇敢に戦ったライムは格好よかったかも。

「とりあえず、僕たちの……うぅん、お前の勝ちだよ、ライム」

「キュルルゥ……」

くたくたな様子で鳴いたライムを、僕は抱き寄せて、頭を撫でてあげた。

4

ゴブリンとの戦闘に辛くも勝利した後、僕たちはしばらく森で休憩することにした。

地面が乾いた場所を選び、二人してちょうどいい樹木に背中を預ける。

パルナ村の周辺に立つ木々は、凶悪な野生モンスターを寄せ付けないという言い伝えがあり、ありがたいものとして祀られているので、背もたれにするのはちょっと気が引けるけど。

僕は先ほどゴブリンから入手した深緑色の魔石をしげしげと眺めながら、勝利の余韻を楽しんでいた。

「はぁ……本当に勝てたんだなぁ、僕たち」

「キュルゥ……」

ライムの疲れ果てた声が聞こえる。

僕はゴブリンに一発殴られただけだけど、ライムの場合は色々動き回って頑張ってくれたからなぁ。

帰ったら美味しいものでも食べさせてあげよう。

「あっ、そういえば……」

今さらながら思い出した。

そういえば、ゴブリンとの戦闘を終えて、ライムのステータスはどうなったのだろう？

モンスターを倒すと、モンスターは強くなる。

その原理はいまだ解明されていないが、それが世界の常識となっている今、当然ライムのステータスも向上しているはずだ。

僕は自分の右腕、前腕の部分を長袖(ながそで)から出し、それを確認した。

名前：ライム
種族：スライム
ランク：F

レベル：2
スキル：【捕食】【分裂】

「あっ……」

レベルが一つ上がっている。

それに、スキルも一つ増えている。

レベルが上昇するにつれて、モンスターはスキルを覚えていくし、肉体的にも強くなっていく。

どんな職業でも従魔のレベルが高いに越したことはないので、定期的にモンスター討伐を行なって従魔のレベルを上げる人も多い。

ちなみに、一般的な人の従魔の平均とされているレベルが10で、一流冒険者の従魔のレベルは30くらい。どっちにしても、今のライムのレベルは低いということだ。

しかし、レベル2でスキルを覚えるなんて、ちょっと意外だ。

強力なスキルほど取得レベルは高くなっていく傾向がある。

ランクが高いモンスターは当然強力なスキルを覚えられるが、最低ランクのスライムは、かえって早くスキルをマスターするのかもしれない。

僕としては今すぐにでもこの【分裂】というスキルを使ってみたいが、ライムも消耗しているし、これ以上ここに留まるのは危険だろう。

スキルを試すのは村に帰ってからにした方がいいかな。

それにしても、もう片方のスキル【捕食】については、結局分からずじまいだったなぁ。

それも追々調べてみるということで。

十分体を休めた僕は、樹木から背中を離し、腰を上げた。

「それじゃあライム、そろそろ……？」

見ると、なぜかライムはキラキラとした瞳でこちらを見上げていた。

そんなに帰るのが嬉しいのだろうか？

なんて思うが、どうやらそれは違ったみたいだ。

なぜならライムの瞳は、主人である僕の顔を見ているのではなく、僕が右手に握りしめている物に向けられていたからだ。

それは、先ほど勝利の余韻を楽しむために僕が眺め回していた、深緑色の魔石。

「……これ、欲しいの？」

「キュルキュル！」

戸惑いながらも尋ねてみると、ライムは嬉しそうに鳴いた。

まるで子供がおもちゃを欲しがるようなキラキラとした目で、じぃーっと愛おしそうに魔石を見つめている。

なんと、まさか本当に欲しいとは思わなかった。

モンスターにしてみれば、命の結晶のようなもの。それをライムは欲しがっているのだ。

魔石は特殊な力を使うモンスターの名残だけあって、不思議な力を宿していることがある。

火を熾(おこ)したり、水を出したり、風を吹かせたり、光を発したり。

それらは人々の生活にも大きく役立っていて、従魔がいなかった時代は人間たちが自力でこれを集めて生活を送っていたくらいだ。

まあ、僕の家は貧乏だから、魔石製品は一つもないんだけど。

そしてその魔石を、ライムは僕と出会ってから一番の笑顔でじっと見つめているのだ。

一体何に使うのか見当もつかないけど、ゴブリン戦で健闘(けんとう)してくれたライムに何かしらのご褒美(ほうび)はあげなければならない。

カムイおじさんにはゴブリンの討伐証明として魔石を渡す予定だったけど、ライムが喜んでくれるならそれでいいかな。

最悪、あとで返してもらえばいいし。

「じゃ、じゃあライム、これ……」

「キュルキュル！」

僕が右手に持った深緑色の結晶を差し出すと、ライムはそれを心底嬉しそうに咥(くわ)えて笑った。

本当に、何がそんなに嬉しいのだろう？

僕が無知なだけで、実はモンスターって魔石を集めるのが趣味だったりするのかな？

それともこれはライム個人の趣味？

ライムはたぶん立派な男の子なんだから、綺麗な石を集めてニコニコするなんて、女の子みたいなことはやめてほしいなぁ。

僕が男らしくない代わりに、ライムには格好いい雄であってほしい。

そんな身勝手極まりないことを考えながら、魔石を咥えているライムを見守る。

一体どうするのか気になって仕方がなかったのだが、ライムは僕が予想だにしなかった――驚くべき行動に出た。

「ガブッ！」

「…………えっ？」

ゴリゴリ、ボリボリ、ムシャムシャ、ゴクン。

ライムは咥えていた魔石を口の中に放り込み、それを食べた。

まるで氷をかじるように噛み砕き、咀嚼し、最後はきっちり呑み込んだ。

「え……えぇぇぇぇ!? 何してんのライム!?」

「キュル？」

ライムは自分が何をしでかしたのかまるで理解していないようで、きょとんとこちらを見上げる。

そりゃあ、分かっていないだろう。

魔石がモンスターの名残と言われている結晶だということ、そして人々の役に立つ代物だということを。

しかも、僕がカムイおじさんに渡そうと思っていた、討伐証明だということを。

「な、なんで食べちゃったの⁉　絶対に美味しくないでしょ⁉」

「キュ、キュルルゥ……」

僕が大声を出したので、ライムは申し訳なさそうに萎縮してしまった。遅まきながら、自分がとんでもないことをしたと理解したのだろう。

しかし僕は、それ以上ライムを叱ることはできなかった。

そんなに愛らしい目で見つめられたら、厳しいことは言えない。

そもそも僕は、目の前で起きたことに心底驚いただけで、怒っているわけではないのだ。

だからそんなに怯えなくてもいいのに。

それに、まあ、過ぎたことはもう仕方ない。

ライムはゴブリン戦で頑張ってくれたし、お腹が空いていたのかも。

なら、おやつ代わりにちょうどよかったじゃないか。

あれでお腹が膨れるとは思えないし、最悪お腹を壊してしまうんじゃないかと心配だけど、とりあえずライムが喜んでいるみたいだから、今はよし。

こりゃ村に帰った後に何か美味しいものを食べさせてあげないといけないな。

「はぁ……それじゃあライム、本当にもう……？」

帰ろうか、と口にしようとしたところで、腕に違和感を覚えた。

右腕の前腕部分、つまりライムのステータスが刻まれている場所に……痛くはないけど、何かが触れているような、強い日差しを受けているようなチリチリした感覚がある。

意識していなければ気付かないくらいの小さな刺激。

虫にでも刺されたか、もしくは先ほどの戦いによるかすり傷でも負ったのか。

僕は念のため袖をまくって腕を確認してみた。

すると……

「なっ……!?」

ライムのステータスが、書き換わっていた。

いや、更新されていると言った方が的確か。

なぜなら、現在進行形で僕の右前腕にじりじりと文字が刻みつけられているからだ。

これが違和感の正体だったんだ。

ステータスが更新されると、こんな感触があるのか。

さっき【分裂】が増えたときは戦闘の余韻に浸っていたせいで気がつかなかったが、今度はちゃんと感じる。

だけど、どうして今ステータスが更新されているのか、理由がまったく分からない。

様子を見ていると、すぐにその感覚は消えた。ステータスの書き換えが終わったのだろう。

一体どんな更新がされたのか気になり、僕はステータスを確認する。

そこに書かれていたのは……

名前：ライム
種族：スライム
ランク：F
レベル：2
スキル：【捕食】【分裂】【限界突破(リミットブレイク)】

「なっ……！」

スキルが、また一つ増えている。

しかもそれは、先ほどゴブリンが使っていた身体強化のスキル【限界突破(リミットブレイク)】だ。

一体どういうことなのか。

本来なら亜人種のモンスター以外、取得することのないはずのスキルが発現するなんて。

それに、レベルが上がったわけでもないし、何か特別な経験したわけでも……

「あっ……」

いや、違う。

特別な経験は、した。

ステータスが書き換わる直前、ライムは魔石を食べてしまったのだ。

ひと欠片も残さず、嬉しそうに。

「嘘……でしょ……」

僕は信じられない現象を前に、酷く困惑する。

魔石を食べさせることで従魔のスキル発現を促せるなんて聞いたことがないし、実際に魔石を食べたモンスターの噂も耳にしたことがない。

でも、それ以外に理由は考えられない。

「ライム、お前もしかして……」

「キュル？」

モンスターの名残と言われている魔石を食べたことでスキルが発現したのだとしたら……ちょうど、それに相応しい謎のスキルがある。

だからきっと、ライムに起きたこの現象の正体は……

「……【捕食】のスキルだ」

捕食。

動物が、餌となる他の動物を捕獲し、食べること。

魔石が生命の欠片だとすると、モンスターを魔石化して食べるというのは、十分にありえる話だ。

ライムの持つ【捕食】は、モンスターの魔石を食うことで、そのモンスターの持っていたスキルを吸収するスキルなんじゃないだろうか。

信じられない話だけど、今はそうとしか考えられない。

でも……捕食とは、本来強い者が弱い者を食うことを言うのだ。

ライムはモンスターの中で最弱とされているFランクモンスターのスライム。

これではまるっきり反対だ。

ライムは、そんな摂理（せつり）に抗（あらが）っているのか？

僕は、息を呑みつつ足元にいるライムに目を落とす。

水色の丸い体、モンスターと呼ぶには似つかわしくない、くりっと可愛らしい瞳。

そんなライムが持っている真の力に確信を得るべく、僕は命令を出した。

「ライム、【限界突破（リミットブレイク）】だ！」

「キュルキュル！」

ライムは先ほどの戦闘の疲れも感じさせない勢いのある返事をすると、水色の小さな体をぎゅっと縮こまらせた。

力を蓄えるように、少しの間じっと動かずに待つ。

するとやがて、水を想起させる体の色が、炎を思わせる赤に変色しだした。

数十分前に戦った、あのゴブリンと同じだ。

そしてライムは、スキルの力を示すように跳ね上がると、近くにあった樹木――先ほどまで僕たちが背もたれにしていた木に体当たりをした。

凄まじい音とともに大木と地面が激しく揺れる。

その音で森がざわめき、近くの木々に止まっていた鳥たちが一斉に飛び去っていった。

そして僕は見る。

ライムが体当たりした大木の幹が、深々と陥没しているのを。

ゴブリンを吹き飛ばすだけで精一杯だったライムが、大木の幹を大きく損傷させてしまった。

間違いない。

ライムは、他のモンスターのスキルを習得できる、イレギュラーなスライムだ。

「キュルキュル！」

ライムは嬉しそうに跳ねて、自らのスキルの力を主張する。

いまだ赤くなったままのライムを、僕は苦笑しながら見つめた。

そして重苦しく口を開く。

「ねえ、ライム……」

「キュルキュル」

「とりあえず、村に帰るのは後回しだね……」

「……キュル？」

体を傾けて疑問を表すライム。

村に帰るのは後回しにして、しばらくは森の中を探索するしかない。

この危険な森に、長居するのが良い選択だとは思わないし、僕とライムだって消耗しているのは確かだ。

でも、今はそうするしかない。

ライムに発現した新しいスキルをモンスター相手に試したい気持ちももちろんあるし、討伐依頼が出ているゴブリンは片付け終わっていない。

だけど、僕が気にしているのはそういうことではない。

僕は、ライムが体当たりで傷つけてしまった、〝ありがたい大木〟を見つめながら、がっくりと肩を落とした。

ゴブリンの魔石の効果は、確か植物の成長促進だったはず。

少なくともあと一匹、ゴブリンを倒して魔石を得る必要がある。

従魔の失態をカバーするのも、テイマーの大事なお仕事だ。

いや、実際に戦うのはライムなので、ライムはちゃんと自分で責任をとっていると、言えなくもないか。

5

ライムの真価に気付き、大木の修復のために森の探索を続けること三十分。

僕とライムは初戦とは見違えるような戦いぶりを繰り広げていた。

「ライム、右ゴブリンに体当たり！」

「キュル！」

僕の指示を受けて、ライムは跳ねる。

目の前にいる二匹のゴブリンのうち、こちらから見て右側の奴を狙って、ライムは飛ぶ。

ドンッ！　と先程よりも大分威力が上がった体当たりがゴブリンに直撃した。

「グラァ！」

緑色の肌をした亜人型モンスターは激しく後方に吹っ飛び、森を構成する木々の一本に激突してその身を散(ち)らした。

光の粒が舞う真下(ました)の地面には、先刻ライムが食べてしまったのと同じ、深緑色の結晶――魔石が落ちる。

それをしっかり見届けた僕は、残った片割れのゴブリンに向き直った。

奴は、仲間がやられたことでこちらへの警戒心を強め、身体強化スキルの【限界突破(リミットブレイク)】を発動する。

「ライム、【限界突破(リミットブレイク)】！」

「キュル！」

赤く変色していくゴブリンを見て、僕はすぐさまライムにも同じスキルを使わせた。

やがてスキルの発動を終えたライムとゴブリンは、鏡写しのように同時に走り出した。

ゴブリンは自分よりも小さいライムを潰(つぶ)すべく、強化した右腕を大きく叩き下ろす。

その攻撃を紙一重(かみひとえ)で躱したライムは、隙をついて素早くゴブリンの後ろに回り、身を縮めた。

弱点である背中を狙い、力を込めて、跳ぶ。

【限界突破(リミットブレイク)】によって力を増強(ぞうきょう)した全力の体当たりを、ゴブリンに見舞った。

「グラァ！」

ゴブリンは先ほどの一匹と同様に木に激突し、光の粒となって消え去る。

後には魔石が転がっているのみだった。

「ふぅ～、お疲れ様ライム！」

「キュルキュル！」

僕とライムは互いの健闘を称えて、軽くハイタッチを交わす。

ライムの場合は手がないから、僕が差し出した手に軽く体を当てるだけだけど。

僕はゴブリンが落としていった魔石を拾い上げ、腰に吊るしたポーチの中に仕舞った。

それから、右腕のステータスを確認する。

名前：ライム
種族：スライム
ランク：F
レベル：5
スキル：【捕食】【分裂】【限界突破(リミットブレイク)】

「うん、上々だね」

僕は自分の相棒の成長具合を見て、満足して頷いた。

たった一日でレベルが5まで上がるとは思わなかった。それに、この時点ですでにスキルを三つも所持しているなんて、もしかしたらライムはとんでもないモンスターなんじゃないだろうか。

僕たちはゴブリンを一匹だけ討伐して、その魔石で木を修復したらすぐに村に帰るつもりだった。

しかし僕たちは今、森のかなり深いところまで来ている。

道に迷ったわけではなく、単純にモンスター討伐が楽しくて夢中になってしまったのだ。

いや、こう言うと不謹慎(ふきんしん)なのだが、実際にテイマーとしてモンスターと戦い、相棒のレベルが順当に上がっていく様(さま)を見るのは、なんとも言えない幸福感がある。

そうだよ、僕はこんな戦いを望んでいたんだ。

自分が前に出て腹に一発もらわなければ勝てないような、死と隣り合わせの戦いではなく、従魔にスキルの指示を出し、気持ちいいくらいに一発で敵を仕留(しと)められるような、テイマーらしい戦いを望んでいた。

これだよ。これが戦いというものだ。

そう思いながら、気の向くままにゴブリンを倒しまくっていたら、いつの間にか森の奥まで来ていた。

「まさか、喧嘩のやり方も知らない貧弱男子の僕が、こんなにも戦闘にハマるだなんて。

自分でも知らない嗜好があるものなんだね」

「キュルル？」

ライムは体を傾けて疑問を表す。

まあ、冒険譚を読み漁った僕が戦闘好きでも、別に驚くことはないのかもしれない。英雄に憧れているのだから、むしろしっくりくる。

それに、自分の従魔のレベルアップは誰しも嬉しいに決まっているのだ。

だからこれは、戦闘マニアの気持ちではなく、戦闘を知ったばかりの浮かれた小僧の気持ちだ。

そんなことを考えていると、先ほど発動させた【限界突破】の効果が切れて、ライムの体が元の水色に戻った。

何回かこのスキルを使って分かったのだが、効果時間はおよそ三分といったところだ。

戦闘に余裕が出てくると、こういうことを確認できるようにもなる。

これなら、本当にファナに追いつけるかもしれない。

いや、あるいは追い抜けるかも。

思い上がりも甚だしいけれど、考えるだけなら誰にも迷惑は掛からない。

先に行ってしまったファナに追いつくために、僕はこれからもライムのレベルアップに全力を尽くす。

「ライム、一緒に強くなろうね」

「キュルキュル」

「僕は、ファナがいなくても大丈夫なくらい強くなるから、ライムは他のモンスターに負けないくらい強くなるんだよ」

「キュルル！」

誰もいない森の奥で、僕とライムはそう誓い合った。

「よし、じゃあそろそろ日も暮れそうだし、さっきの大木のところまで……」

しかし、僕が振り向いたその瞬間……

森の奥に一つの影を見た。

小さくて丸い、動き回る影。

それはカサカサと森の茂みを潜り抜けながら素早くこちらに近づいてきて、僕たちの目の前に現れる。

暗がりからぴょんと飛び出してきたのは、ごつごつとした石のようなモンスター。

大きさはライムよりも若干大きく、表面にはキツイ目つきとニヤリと歪んだ唇の顔がある。

パルナ村の近くにあるこの森では、割とポピュラーなモンスター。

森で仕事をした人たちが、口々に〝あいつには気を付けろ〟と言う、危険な魔物――D

ランクモンスターのクレイジーボムだ。

「ライム、避けろ！」

「キュ……！」

しかしクレイジーボムに背中を向けていたライムは、僕の突然の叫びに応えることができなかった。

次の瞬間、クレイジーボムは不気味な笑みを浮かべながらライムの背中に飛びつく。

そしてそのまま乗っかるようにして、離れることなくライムに引っ付き続けた。

「ライム！」

「キュ、キュルル！」

僕は急いでライムの背後に回る。

その間ライムも自力でクレイジーボムをなんとかしようとするが、背中に付いたモンスターはそう簡単に離れてはくれない。

クレイジーボムはそういうモンスターなのだ。

一度貼り付いてしまえば、同ランクモンスターの全力攻撃を五発は食らわせないと離れないという。

パルナ村でモンスター討伐をしている人たちは最低でもそれくらいの従魔を連れているから、万が一こいつに会ったとしてもすぐに切り離せるのだが、僕の場合はそうもいかない。

それに、ただでさえスライムはパワー型のモンスターではないのだ。

「くそっ！」

完全に油断していた。

最近は目撃情報が少なかったから、森の奥に行っても大丈夫だと思っていた。

もし出会っても、貼り付かれるのは僕だと思っていたから。

まさかライムの背中に付くなんて。

「くそっ！　離れろ！　離れろ！」

「キュ……ルゥ……」

僕はライムの背中に貼り付く石型のモンスターに向けて、何度も拳(こぶし)を振り下ろす。

ひ弱な細い腕を振り上げて、小さな拳で無意味な攻撃を繰り返した。

まずい、まずい、まずい。

早くこいつを引き剥(は)がさないと、取り返しのつかないことになる。

でも、僕の力程度じゃとてもこいつを外せない。

ライムに背中から木や岩に体当たりしてもらう方法も考えたが、それでは力が出し切れないだろうし、身体強化のスキル【限界突破(リミットブレイク)】はさっき使ってしまったばかり。あと十分間は使えない。

このままじゃ、背中に付いたクレイジーボムを引き剥がせずにライムが……

僕はクレイジーボムに拳を振り下ろしながら、必死に考える。

この状況を打破する手段を。

ライムが持っているスキルで、他に使えそうなものは……

「ラ、ライム、【分裂】だ!」

「キュ……キュル!」

僕のとっさの命令に、ライムは慌てて頷く。

ライムは水色の丸い体をプルプルと震えさせて、スキルの発動を待った。

そして、ライムの体が綺麗に二つに分かれる。

片方は僕のもとに、もう片方はクレイジーボムが付いたままその場に残る。

僕はライムを両腕で抱くと、背を向けてがむしゃらに跳んだ。

次の瞬間、強烈な爆発音とともに、全身に衝撃波が叩きつけられる。

ライムを抱いたままの僕は、その反動で地面を転がっていき、森の木々たちは熱を持った爆風に激しく揺らされる。

うつ伏せの丸まった体勢で止まった僕は、しばらくライムを抱えてじっと待つ。

数秒経ち、辺りが静まった後、詰まっていた息を吐き出して叫んだ。

「あっ……ぶなぁ!　もう少しで死ぬところだったぁ!」

「キュルルゥ……」

腕の中で息苦しそうに鳴くライム。

そんなライムの頭を撫でながら、僕は先ほどまでクレイジーボムがいた場所に目を移す。

木々に囲まれていたはずのその場所は、ぽっかりと円形の空間が広がっていた。

周りの木々は乱れ、中心の地面は黒く焦げつき、そして【分裂】のスキルで生み出した偽者(にせもの)のライムごと、クレイジーボムは姿を消していた。

話に聞いていた通りだ。

これはクレイジーボムの持つ自爆スキル、【自爆遊戯(デッドリーボム)】。

己の命を散らす代わりに、相手に強力な一撃を与える狂気の技。

奴は見つけた対象に貼り付き、一緒に自爆しようとする悪魔系のモンスターで、このスキルを使うためだけに生きていると言っても過言(かごん)じゃない。

他者とともに滅(ほろ)びることを、何よりの生きがい……いや、死にがいにしているのだ。

昔はよくパルナ村でも犠牲者(ぎせいしゃ)が出たという。

最近は、森への警戒を厳重(げんじゅう)にしていて、なおかつクレイジーボムそのものの目撃情報が少ないことから、被害(ひがい)に遭ったという話はめっきり聞かなくなったのだが……下手をしたら、僕たちが久々の犠牲者になるところだった。

その窮地を救ってくれたのが、まさかスライムのスキル【分裂】とは。

ゴブリンとの戦闘中に、色々と試しておいて本当によかった。

【分裂】は、スライムの固有スキルの一つ。

自分の体力を半分にすることで、己の分身を作り出す技だ。

分身には本体の半分の力が宿っており、一緒に戦うこともできる。しかし攻撃を一度でも食らうと、体が溶けて水になり、消えてしまう。

ライムは【分裂】のスキルで自分の分身を作り、正面側を本物に、背中側を偽者にしたのだろう。

そうすることで本物は逃げ出し、残った偽者がクレイジーボムの餌食になったというわけだ。

本当に危なかった。

「はぁ……ライム、ごめんね。僕が油断していたばかりに」

「キュルキュル」

「それにしても、【分裂】のスキルを使えって言っただけで、僕の考えを理解してくれて本当に助かったよ。ありがとう」

「キュルキュル」

僕はまだ自分が生きていることが信じられなくて、ついついライムに話し掛けてしまう。

目の前で起きた奇跡が受け入れられないのだ。

初の戦闘でゴブリンに勝ったことよりも、さらに驚きだ。

僕は抱っこしていたライムを放し、しばらく地面に座り込む。

相棒の危機を目の前で見たせいで、腰が抜けてしまった。

休憩を取らなければ動けそうにない。

ようやく息が整ってきたところで、僕はよっこいしょと重い腰を上げた。

早いところ、村に帰った方がいいかな。これ以上の危険はないと思いたいけど、万が一ということもある。

それにモンスターは夜の方が活発だから、暗くなる前に戻った方が良い。

僕は意味もなく、ライムを抱っこしながら帰ろうかな、なんて思い、相棒の姿を探した。

「んっ？　何してんのライム？」

するとライムは、先ほどクレイジーボムが黒焦げにした場所で、何かをしていた。

今すぐこの場を去りたかった僕は、腰を下ろして手招きする。

「ほら、帰るよ」

「キュルキュル」

ライムはなぜか嬉しそうに笑って、こちらを振り向いた。

そしてぴょこぴょこと近寄って、腕の中に飛び込んでくる。

水色の頭を撫でながら、僕はようやく歩き出した。

「あっ、そういえば、あの大木のところに行って、元に戻さないと」

「キュルキュル」

「それと、クレイジーボムが荒らしたここも、綺麗にしておかなきゃね」

「キュルキュル！」

ライムの返事を聞き、僕はポーチの中に入れたゴブリンの魔石を三つ取り出した。

これだけあれば乱れた木々や草を、ある程度は修復できるだろう。

僕は魔石の一つを黒く焦げた地面に突き刺し、残りの二つを乱れた木と茂みに埋めた。

本当は細かく砕いて撒いた方が効果的なのだが、魔石をちょうどいい大きさに割る道具を持ち合わせていないので、今はこれが限界。

魔石を設置し終えた僕は、ライムを抱っこしたまま、今度こそその場所を立ち去った。

＊＊＊＊＊

計画通り大木の傷を治した僕とライムは、ヘトヘトになりながらパルナ村まで帰ってきた。

ゴブリンと緊迫した初戦闘を繰り広げたり、魔石採取のために森を駆けずり回ったり、クレイジーボムの魔手から相棒を救ったり、今日は本当に疲れた。

それでも、ライムの真価に気付けて、無事に任務も完了できたので、文句なしの初討伐依頼だったと言える。

テイマーとしてもちょっとだけ成長できた気がするので、言うことなしだ。

——と、思っていたのだが、任務完了の報告をするためにカムイおじさんの家に行ったら……玄関を開けた瞬間、大げさな様子で抱きしめられてしまった。

髭がモサモサしてくすぐったいよと、お決まりの文句を言いたかったのだが、よくよく見るとカムイおじさんの目には涙が浮かんでいた。

どうやら、相当心配を掛けてしまったらしい。

聞くと、カムイおじさんは暗くなっても僕が帰ってこなかったから、もう少しで捜索隊を出すところだったらしい。

まあそりゃ、一、二時間もあれば終わるような依頼を出したのに、真っ暗になっても帰ってこないのであれば、何かあったと思うのは当たり前だ。

ただでさえ僕は、ひ弱ないじめられっ子で、相棒も非戦闘型のスライムちゃんだし。

僕自身遅くまで森にいるつもりはなかったけど、色々と後片付けをしてたらこんな時間になってしまったのだ。

そんなこんなあって、僕はカムイおじさんにたっぷりとお説教を食らった。

僕が無茶をすると、相棒のライムだって危険な目に遭うんだぞ、と言われたときは、確かにその通りだと、深く反省した。

僕とライムとカムイおじさんの三人がようやく落ち着きを取り戻したのは、帰ってきてから一時間以上も経った後だった。

すでに村のあちこちから晩ご飯の良い匂いが漂ってきていて、本格的な夜の訪れを知らせている。

その匂いのせいで三人ともにお腹を鳴らしてしまい、せっかくだからと僕とライムはカムイおじさんの家で晩ご飯を食べることになった。

小さい頃はよく晩ご飯をねだりに来たものだけど、最近はめっきり遊びに来ることがなくなっていたので、久しぶりのカムイおじさんの手料理には密かに嬉しい気持ちがある。

それに、ライムと一緒に思い出深いご飯を食べられるなんて、嬉しさ倍増(ばいぞう)だ。

「それでルゥ、初めての討伐依頼はどうじゃった？」

食事が始まると、カムイおじさんが微笑ましそうに僕とライムを見て、聞いてきた。

「えっ……」

僕は、木製スプーンでスープを掬(すく)っていた手を止めて、曖昧に頷く。

「あぁ、うん、楽しかったよ」

「そうかそうか。……んっ？　楽しかった？」

カムイおじさんは不思議がって首を捻る。

「あっ、いや、じゃなくて、いい経験になったよ」

ついつい戦闘の楽しさばかりに目を向けてしまった。

僕は誤魔化しついでに苦笑しながら、今度こそスープを口に運んだ。

スープは僕が慣れ親しんだ、いつもの味だった。

「そうかそうか、まあ、それならよかった。いざというとき、戦う力があるに越したことはないからな」

「うん、そうだね」

僕は相槌を打ちながら、食事を続ける。

確かに、村で生活していく上で、今後もこういう機会は何度もあるだろう。野生のモンスターが襲ってくることもあるし、従魔のレベル上げも必要だ。

テイマーになったからには、最低限、自分の身は自分で守ることが求められる。それは、Fランクモンスターのテイマーになった僕にも当てはまるし、この村で召喚の儀を受けた人たち全員に共通することだ。

街や村には、安全に狩りが行える場所を近くに確保して、そこで戦いの訓練をできるようにしているところも多い。

ちなみにパルナ村にも一応、公式に狩場とされている場所がある。

外に出てモンスターに襲われても十分戦えるようになるまで、安全に鍛えられる場所だ。

しかしパルナ村の人の従魔は、ある程度ランクの高いモンスターばかり。

最初から鍛える必要がないくらい強いモンスターが多いため、狩場の存在意義は薄い。

本来なら僕も、初めはその狩場でライムを鍛えて強くし、僕自身のテイマーとしてのテクニックを磨くべきだったのかもしれない。

でも、狩場で出てくるモンスターと森のゴブリンとでは、そこまで大きな戦闘力の差はないので、どっちにしろ危ない目に遭っていただろう。才能溢れるパルナ村では、Fランクモンスターを召喚した人のことをあまり考えてはいないのだ。

今日の戦いは大変だったけれど、帰りが遅くなったおかげでカムイおじさんのご飯が食べられたんだから、結果的にはよしとしよう。

「あっ、そういえばカムイおじさん、魔石ってある？」

僕は食事を進めながら、ふと魔石のことを思い出して、カムイおじさんに質問した。

「んっ、魔石？」

「うん。モンスターを倒すと出てくるやつ」

村に帰ってくる間に、僕は魔石について色々考えた。

もしかしたら、モンスターを倒さなくても、魔石を手に入れられたら簡単にライムを強化できるんじゃないかと。

そこで、村の討伐依頼をとりまとめるカムイおじさんに、余っているものがないか聞いてみたのだ。

「うーむ、どうじゃったかな」

おじさんは難しい顔をして席を立つと、押し入れから木箱を取り出し、その中をガサガサと漁りはじめる。

「討伐依頼の際に皆が取ってきてくれた魔石なら、たぶんここに……村に来る商人に売っていなければ残っているはずじゃが」

食事を中断させてしまったのが申し訳なく思えてきた僕は、それを止めようと席を立ちかける。

だが、それより先にカムイおじさんが嬉しそうな声を上げた。

「おぉ！　あったあった！　一つだけじゃが、ほれ！」

突然、カムイおじさんがこちらに何かを放り投げた。

「うわっ、とっと！」

僕は急いでスプーンから手を放し、ギリギリのタイミングでそれをキャッチした。

手に収まった物体を、天井のランプに掲げて確認する。

綺麗なまん丸の、真っ白な結晶。

カムイおじさんが渡してきたということは、これも魔石の一種なのだろうか。

今日拾ったゴブリンのものと比べると、かなり整った形をしているし、色も濁りがなく透き通っている。

むむむと難しい顔で魔石らしきものを見つめていると、台所で手を洗ったカムイおじさんがニコニコしながら食卓に戻ってきた。

なんか、孫のおねだりに応えて上機嫌なおじいちゃんみたいだ。

「にしても、何に使うつもりじゃ？　遊び道具になるような効果は付いていないと思うが」

「いいのいいの。僕が使うわけじゃないから」

そう言って僕は、隣で皿に顔を突っ込みながらご飯を食べているライムの前に、白い結晶を持っていく。

「……キュル？」

するとライムは、食べかすを付けた可愛らしい顔を上げた。

ライムには初期状態から宿っている不思議なスキル【捕食】がある。

まだ僕の想像の範囲を出ないけど、おそらくこれは他のモンスターの魔石を食べることで、そのモンスターが宿していたスキルを得ることができるというレアスキルだ。

スキルの効果の全貌は分かっていないが、だからこそ僕は積極的に【捕食】のスキルを使わせていこうと思った。

Ｆランクモンスターのライムが強くなり、それ以上のモンスターを倒すためには、そういう取っ掛かりが必要だ。

スキルの組み合わせ次第では、ライムはもっと戦闘向きの、僕好みのスライムになるかもしれない。

僕は内心わくわくしながら、魔石をじっと見つめるライムを見守る。

そしてゴブリンの魔石を食べたときと同じように、パクッという展開を期待した。

だが……

「……キュルゥ」

なぜかライムは渋い顔をして、魔石から目を逸らしてしまった。

「あれ？　どうしたのライム？　ほら、魔石だよ」

「キュルルゥ……」

いくら真っ白な結晶を口元に近付けても、ライムの可愛らしい小さな口は開かない。

ついには、先ほどがっついていた皿に顔を突っ込んで隠れてしまった。

どうしたというのだろう？

僕は小首を傾げながら、正面にいるカムイおじさんの方に向きなおる。

「ねえカムイおじさん。これ本当に魔石？」

「んっ？ あぁ、たぶんそうじゃよ。効果は何もないが、確かに依頼報告に来た誰かが魔石と言って持ってきた物のはずじゃ」

ずずとスープを啜りながら答えたカムイおじさんの言葉を聞いて、僕の首はますます傾く。

これが本当に魔石？

ならどうしてライムは食べてくれないのだろう？

もしかして、僕の【捕食】スキルに関する仮説が間違っていたとか？

いや……でも他に考えようがない。

だったら、やっぱりこれは魔石じゃないのかも。

「ところで、ルゥ……」

「んっ、何？」

「お前こそ魔石はどうした？ ゴブリンを倒してきたんじゃろ、討伐を証明する魔石を持ってこんかったのか？」

「……あっ」

そういえば、まだちゃんと完了の報告をしていなかった。

無事に帰ってきた安心感で、すっかり忘れていた。

僕は急いでテーブルの上に置いたポーチを探る。

しかし、魔石は一つも残っていなかった。

手に入れたゴブリンの魔石を全て森の修復に使ってしまったのだ……

6

「遅くまで話し込んじゃったね」

「キュルル」

すでに明かりを消して、寝静(ねしず)まる家々が周囲に見える。

そんな中、僕はライムを抱いて、村の隅(すみ)にある小さな自宅に向かっていた。

カムイおじさんの家でご飯を食べた僕たちは、そのあと討伐依頼の反省も含めて色々お話をした。

理由が理由だから今回は特別に許そうという話が、いつの間にか、せっかく成人を迎えたんだからお酒でもどうだ、に変わって……それで気がつけばこんな時間に。

カムイおじさんは、このままワシの家に泊まっていけ、と言ってくれたけど、さすがにこれ以上迷惑は掛けられないし、自宅は目と鼻の先なので、遠慮(えんりょ)して帰らせてもらった。

僕とライムは、薄暗い夜道を歩いて自宅前まで辿り着く。

ドアノブに手を掛け、一刻も早く水浴びをしてベッドに転がり込もうとしたそのとき……

家の裏手の方から、ザッと土を踏む音が聞こえた。

こんな時間になんだろうと思って覗いてみると、そこには僕よりも若干背の高い人影があった。

月にかかっていた雲が晴れ、こちらに歩み寄ってくる人物の顔が鮮明になる。

「よう、ルゥ」

そう、いつも通りの挨拶をしたのは……

「……リンド君」

僕は驚いて、少しだけ呆気にとられる。

どうして彼がここにいるのだろうか。

僕の家を訪ねてくること自体滅多にないというのに、まさかこんな時間に来るなんて。

「……どうしたの？」

僕も彼に倣って、いつも通り苦笑しながら尋ねる。

「いや、今日は村でお前を見かけなかったから、何してたのかと思ってよ」

「……そう」

リンド君はなんでもないように肩をすくめながら言い、僕は訝しみつつ相槌を打つ。

その程度の用事で僕を訪ねてくるもんか。リンド君が僕に話しかけてくるときは、決まって何か意地悪をするときだ。

僕は少し警戒しながら、ドアノブを握る手にゆっくりと力を込めていく。

彼が特に何も言わないようなので、僕は早々に家に入ろうと慌ただしく扉を開ける。

「そ、それじゃあ……」

だが……

「お前、ファナが村を出ていくこと、知ってたんじゃないのか?」

リンド君に質問され、僕は目を丸くしながら振り向いた。

意地悪じゃなくて、ファナのこと?

おそらく彼は、今朝の騒ぎを聞いて、ファナとよく一緒にいた僕が何か知っていると思って、事情を聞きたかった。

でも今日、僕はずっと村にいなかったから、こうしてわざわざ夜遅くに訪ねてきたんだ。

しかし僕は、彼が望んでいる答えを口にすることはできない。

事実、僕は……

「ううん、知らなかったよ」

そう言って、首を横に振った。

だが……彼は疑わしげな目を向けてくる。

「ホントか？」

「えっ……う、うん」

なぜそこまでしつこく聞いてくるのか分からなかったけど、僕はとりあえず頷いておいた。

だって、本当に何も知らなかったから。

昨日、ファナと少し言い合いになったけど、それはリンド君が求めている答えだとは思えない。

さすがに疲れていることもあって、僕は今度こそ家に入ろうとする。

「そ、それじゃあね……」

しかし彼は、またも一言だけ発して僕の足を止めた。

「ファナに一番近いのは俺だ」

「えっ……？」

一瞬、彼が何を言ったのか分からなかった。

彼が威嚇（いかく）するように声を低くして放ったそのセリフを、僕はすぐに受け入れることができなかった。

混乱している僕に追い打ちを掛けるように、彼は続ける。

「俺は今、この村で一番ランクの高いモンスターを従えている。それに、もうすぐ村を出る。だからファナに一番近いのは俺だ。俺はあいつに追いつく」

静まりかえった夜の村にリンド君の声が小さく響く。

彼の真剣な眼差しを受けて、僕はますます混乱する。

なぜ彼は、そんなことを僕に言うのだろうか。

いつもいじめる相手なんかに。

……いいや、これは彼なりの宣戦布告なのかもしれない。

いや、終戦の告知と言った方が的確かな。

彼はもう、勝ったつもりでいる。

幼い時から始まっていた、この目に見えない戦いに。

ファナを間に置いた、僕とリンド君二人だけの戦いに。

「……じゃあな」

そう言い残して、リンド君は灯(あか)り少ない夜道に消えていく。

僕は彼の姿が見えなくなっても立ち尽くし、その場所に視線を向け続けた。

きっとリンド君は今、ライムを抱っこしている貧弱な少年……ルゥ・シオンに別れを告げたのではなく、このパルナ村に別れを告げたのだ。

彼は、村を出る気でいる。

ファナの後を追って冒険者になるつもりなんだ。

僕は小さくため息を漏らす。夜中にもなるとさすがに冷え込んできて、吐いた息は若干白くなる。

腕の中のライムは、どこか心配そうな表情で僕の顔を見上げていた。

長い沈黙が耳に痛いのか、それとも、今の僕の気持ちを汲んでくれたのだろうか。

だけど、そんな心配はいらない。

やっぱり僕は、戦闘マニアなのかもしれない。

だって、さっきリンド君にファナのことを言われて、五日後の魔興祭に俄然やる気が出てしまったのだから。

最初はどうせ負けるだろうと思っていた。

魔興祭を少しでも盛り上げられれば、それで十分。

幼い頃から色々と面倒を見てくれたカムイおじさんに、恩返しできればいいと思った。

ただそれだけだったけど……

「ライム、お祭り頑張ろうね」

「……キュル？」

不思議そうな目でこちらを見上げるライムに、僕は小さく笑いかけ、水色のぷにぷにした頭を撫でた。

そして僕は、意味もなく暗闇の奥に真剣な眼差しを向けて、先ほどの宣戦布告を受け入れる。

僕はもう、負けるつもりはない。

次の日。

僕はライムを連れて、懲りずにカムイおじさんの家に討伐依頼をもらいに行った。

魔興祭の参加を本気で決めた僕は、ライムをもっと強くしてあげるために、戦闘経験を積んでいこうと思った。

だけど、そうそう討伐依頼が出るはずもなく、結局僕たちは、ゴブリンの残党がいないか確認する仕事をもらって、再び森に向かった。

その結果は……まあ、良好と言っていいだろう。

カムイおじさんが危惧した通り、森の中にはゴブリンの残党が数匹いた。

村の安全のため、僕とライムはそのゴブリンたちと戦った。

昨日でレベルが5まで上がり、そして普通のモンスターでは考えられない、他種のスキルを所持しているライムにとって、もはやゴブリンたちは敵ではなかった。

お仕事はそれで終わり。

僕たちは村に戻って完了報告をして、今度はパルナ村が管理している狩場に行ってみることにした。

あまり利用されていないが、安全に従魔の強化が行える場所だ。討伐依頼がないのなら、素直にここでレベル上げをすればいいのだ。

だけど、そこには先客がいた。

昨夜、僕の自宅の前で唐突な宣言をしてきた、リンド君だ。

彼は自分の従魔、Bランクモンスターのグランドゴーレムに指示を出しながら、狩場に現われる敵モンスターたちを効率よく狩っていた。

きっと彼は、本気で村を出るつもりでいる。

彼は、魔興祭には誰も参加しないと思っているはずだから、あの狩りは村の外に出てからのことを見据えて、従魔のレベルと己のテイマーとしての腕を磨いているのだろう。

僕は彼の狩りをあまり見ずに、その場を静かに去った。

僕は彼と戦って……勝つつもりでいる。

お祭りの前に一方的に彼の戦いぶりを覗くのは不公平だと思ったから。

腕の中のライムが終始静かだったのは、きっと僕と同じ気持ちだったからだろう。

結局この日は、ゴブリンの残党狩りをしただけで、一日を終えてしまった。

魔興祭までもう日がないというのに、勿体ない限りである。

＊＊＊＊＊＊

心地よい眠気が襲ってくる、ぽかぽかと晴れた昼下がり。

僕はライムと一緒に、森の奥地で、新たにやってきたらしいゴブリン集団を討伐していた。

ゴブリン退治は今日で三日目。

今ちょうど、三匹で固まっていたゴブリンを倒して、ライムのレベルが一つ上がった。

昨日のと合わせて五匹。順調だ。

三日連続でゴブリン討伐をした僕個人の感覚だと、相手のゴブリンのレベルは5とか6くらいだと思う。

その値にしては、ライムのレベルアップの頻度が高い。

どうもランクの低いモンスターが上のランクのモンスターを倒すと、得られる経験値が相当増えるようだ。

もしかしたらこれは、Fランクモンスターのスライムの、意外な取り柄なのかもしれない。

そんな中、僕は右腕に違和感を覚えたので、それを確認した。

「……えっ?」

目を見開いて、思わず何度か瞬きをする。

名前：ライム
種族：スライム
ランク：Ｆ
レベル：６
スキル：【捕食】【分裂】【限界突破(リミットブレイク)】【自爆遊戯(デッドリーボム)】

右腕に記されたステータスの最下部。

見間違いかと思って目をごしごし擦(こす)る。

だが、見間違いなどではない。僕の細い右腕に刻まれた相棒のスキルには、やはり見覚えのないものがあった。

このとき僕は、改めて相棒のステータスをこまめに見るようにしようと、固く決意した。

せめて一日三回。ご飯を食べるときにでも確認するように習慣づけよう。

「ラ、ライム……」

「キュル？」

「こ、これ、一体いつの間に……」

いや、考えるまでもない。

危険なDランクモンスター、クレイジーボムに襲われて、【分裂】スキルで辛くも窮地を脱したあと。

ライムは爆発後の現場で何かやっていた。

おそらくあのとき、クレイジーボムの魔石を食べていたのだろう。

ここで僕は一つミスを犯していた。

野生のモンスターが消滅した後には必ず魔石が残る。それはたとえ、自ら命を散らす自爆スキルを使ったとしてもだ。

僕はそれを、テイマーでありながらすっかり忘れていた。

いや、敵の自爆から相棒を助けられた安堵感と、死が目前まで迫った緊張感で色々見えなくなっていたのだ。

でも言い訳させてもらうと、自爆されると勝利したという自覚が芽生えないのだから、見落としてしまっても仕方がないんじゃないだろうか。

とはいえ、相棒のステータスをチェックし忘れるという二つ目の落ち度があるせいで、僕の思いに説得力なんて欠片もない。

それにしても、ライムは魔石の匂いでも感じ取ることができるのかな？

僕は全然気付かなかったのに、ライムは早々にあの爆発現場に向かっていた気がする。

僕の魔石回収忘れをカバーしてくれそうな、ライムの新たな取り柄といったところか。

……って、そんなことを語っている場合じゃなくて……

「どうしようか、これ」

「キュルゥ……」

僕が困りながらライムに聞くと、ライムも同じように困り顔で応えた。心なしか、ちょっと申し訳なさそうにも見える。

自分のせいで主人が何か困ったことになっている、という雰囲気を感じ取っているのだろうか。

それとも勝手に魔石を食べてごめんなさい、と言いたいのだろうか。

どっちにしても、ライムは何も悪くない。

悪いのは、テイマーとして——ライムの主人として未熟な僕だ。

改めて、僕は再び自分の右腕に目を落とす。

名前：ライム
種族：スライム
ランク：F
レベル：6
スキル：【捕食】【分裂】【限界突破（リミットブレイク）】【自爆遊戯（デッドリーボム）】

ライムがクレイジーボムの魔石を食したことで得たと思われる、新たなスキル――

【自爆遊戯(デッドリーボム)】。

クレイジーボムの自爆衝動の元凶(げんきょう)であり、たくさんの人に恐れられている所以(ゆえん)。

己の命と引き換えに、大爆発を引き起こす、狂(くる)える自爆スキル。

まさかこんな危険なスキルがライムに宿ってしまうとは。

従魔は主人の命令に絶対服従。

スキルの発動も主人の命令次第。

なので、僕が迂闊(うかつ)にライムの前でデッドリーボムというスキル名を口にしたら、最悪ライムは木(こ)っ端(ぱ)微塵になってしまう。

〝デッドリーボムはしないで〟とか〝デッドリーボムは危ないよ〟なんて風に、誤解(ごかい)なく伝えることを心がければ不用意な自爆を防ぐことはできるけど、常に危険が付きまとうことに変わりはない。

とにかく、安全のためにも〝デッドリーボムは絶対に使わないで〟と命令して、生涯封印するしかないんじゃ……

「…………いや」

これは逆に……使えるかもしれない。

使い方次第では、決して無駄なスキルとは言えない気がする。

今ライムは、身体強化スキルの【限界突破(リミットブレイク)】で攻撃力不足を補(おぎな)っている。

それでも、全力の体当たりを弱点に食らわせなければ、同じレベルのゴブリンを一撃で倒せないくらい。

それに三分間使用したら、その後十分はスキルを使用できなくなる。

攻撃力不足が目立っている今、ライムには何か決め手となる必殺技が必要だ。

おそらくこのままレベルを上げ続けても、魔興祭でリンド君のグランドゴーレムに勝つことは不可能だろうから。

ランクの差はステータスの差でもある。ＢランクとＦランクの差を、たった数日特訓したくらいで埋められるはずはない。

だからこそ、それを覆(くつがえ)す必殺技が必要だ。

そのとき、タイミングよく茂みの奥から何かが飛び出してきた。

それは新たにやってきたゴブリン集団の一部。

三匹のゴブリンだった。

さすがにゴブリンも飽きてきたが、パルナ村の森に入ってくる厄介者(やっかいもの)がこいつらしかいないので、仕方がない。

それに、今このタイミングで来てくれたのはありがたい。

「ライム、行くよ」

「キュルキュル」

僕は、たった今思いついたばかりの技を試すために、ライムにスキルを命じた。

「ライム、【分裂】だ！」

「キュルル！」

ライムは一つ鳴き、水色の丸い体をプルプルと揺らしはじめる。

そして、クレイジーボムの魔手から逃れたときと同じように、ライムの体が二つに分かれた。

【自爆遊戯(デッドリーボム)】は自分の命と引き換えに発動する、一度限りの捨て身の技。

でもそれも使い方次第では、武器になる。

スライムの固有スキルと合わせれば、〝使える必殺技〟になりえる。

「分裂ライム、真ん中のゴブリンに飛びつけ！」

「キュル！」

僕は、分かれた方のライムをどう区別するか悩(なや)んだ末、〝分裂ライム〟と名付けて指示を飛ばすことにした。

分裂ライムは本物とまったく変わらない鳴き声を上げて、三匹のゴブリンのうちの真ん中の一匹に飛びつく。

そして、カウンターで振るわれた拳を潜り抜け、はむっとゴブリンの腕に食らいついた。

それを確認した僕は、少しばかり緊張しつつ、分裂ライムにスキルを命じる。

「分裂ライム、【自爆遊戯（デッドリーボム）】だ！」

「キュルルゥゥ！」

可愛らしい鳴き声を森に響かせ、分裂ライムの小さな体から光が放たれる。

そして全身が真っ白な輝きに包まれた瞬間……

ゴブリンに食いついた分裂ライムは、凄まじい轟音（ごうおん）と共に大爆発を巻き起こした。

吹き荒れる爆風に激しく揺れる木々、衝撃によって震える地面。

爆発に巻き込まれることはなかったものの、その衝撃は凄まじく、僕は腕を交差して熱風から身を守る。

同時に、ライムの前に歩み出て庇（かば）ってあげた。

やがて爆発の衝撃が収まると、僕は腕をわずかに下げて、前方を窺う。

するとそこには……

真ん中のゴブリンどころか、周りにいた二匹のゴブリンもいなくなっていた。

黒く焦げた地面の上にはただ、深緑色の結晶が三つ転がっているのみ。

……できた。

スライムの固有スキル【分裂】を組み合わせた、【自爆遊戯（デッドリーボム）】。

本体ではなく偽者を爆発させることで相手にダメージを与える、必殺の技。ライムにしかできない技だ。

「す、凄いよライム。これ、お前の技なんだよ！　ほら……」

僕は、後ろにいるはずの本物のライムに、この技の凄さを教えようと振り返る。

「――って、あれ……？」

だがライムは、黒焦げになった地面を見る余裕もなく、疲れた様子で目をとろんとさせていた。

「キュルゥ……」

……そうだった。

【分裂】のスキルは、自分の体力を半減させて分身を作る技。

ここまでゴブリンとの戦闘が一回あって、続けざまに次の戦闘で【分裂】のスキルを使った。

だから、疲れの色が見えるのは当然だ。

あまり多用はできないかもしれない。

それに……

「確かに、爆発の威力は高いけど……何か物足(ものた)りないような。

僕は、静まり返った戦場をじっと見つめて考える。

一昨日クレイジーボムに襲われたときと、破壊力は同じように見える。

【限界突破】で身体強化した体当たりの威力とは別格の破壊力。

けど、この一撃だけでリンド君のグランドゴーレムに勝てるとは到底思えない。

威力を数でカバーするにしても、一回の分裂でライムがこの様子じゃ、そう無闇やたらに使えるものでもなさそうだし……

昨日、村の狩場で見たBランクモンスター、グランドゴーレム。

一目見ただけでも、あのモンスターの持ち味は強靭な肉体――防御力にあると分かる。

対してこちらは非戦闘型の、さらにどちらかといえば力よりもスピード重視のスライムだ。

相手の弱点を見極め、そこにこの『分裂爆弾』を一撃食らわせたとして、はたしてそれで倒せるのだろうか。

あれに勝つためには、まだ何かが足りない。

僕は疲れの色が見えるライムを抱き上げて、小さく息をつく。

「……とにかく、魔興祭までできることをしていこうか」

「キュルルゥ」

心配する僕を気遣ったのか、ライムはぎこちない笑顔をこちらに向けて返事をした。

魔興祭まで残り三日。

祭りがどうなるかまだ分からないけど、最終的にリンド君と戦うことにはなると思うので、それまでに少しでもライムを強くしていこうと思う。

僕自身、テイマーとして未熟な部分もあるから、成長しなくてはならない。

僕はライムが倒してくれたゴブリンの魔石を拾い、その一つを地面に突き刺してから立ち去った。

明日もゴブリン討伐によるレベル上げが待っている。

今日は早めに帰って、ライムをゆっくり休ませてあげよう。

様子を見て、討伐依頼を続行するかも決めなくちゃ。

そうして僕たちは、魔興祭までの三日間を、レベル上げと必殺技の練習に費やしたのだった。

7

あっという間に三日が過ぎて、魔興祭の当日。

村全体が独特の緊張感に包まれていた。

お昼ちょうどに始まる予定の魔興祭の準備は慌ただしく進められ、それを見守る人たちもどこかそわそわしている。

今年の魔興祭の参加者がリンド君しかいないという噂を聞いた人たちが心配して、カムイおじさんの家に押しかける事態にまで発展してしまった。

カムイおじさんはその対応で、昨日はとっても疲れた様子だった。それでも、今日は魔興祭本番の運営をしなければならない。

おじさんは、いつも村長らしからぬ適当な発言を繰り返しているが、こういうときはちゃんと村長として村を仕切るようだ。

外がお祭り前から賑やかになっている中、僕は慌ただしく村を出るために必要な物を荷造りしていた。

できるだけ動きやすい服、生活必需品一式、小さい頃にファナが作ってくれたお財布、それとお気に入りの冒険譚を一冊。

それらを集めて、小さめのカバンの中に詰め、僕はそれを玄関に置いた。

僕の様子をずっとテーブルの上で見守っていたライムを手招きし、靴を履く。

いざという時のために押し入れにしまっておいた新品の靴。

つま先をトントンと地面に当てて、具合を確かめる。

それから昨日引っぱり出しておいた大きめのコートを羽織り、カバンを肩に掛けて準備完了。

問題なしと分かると、僕は〝うん〟と一つ頷いて玄関のドアを開けた。

「行こっか、ライム！」

「キュル！」

僕の気合いの篭もった声に、ライムは元気よく返事をしてくれる。

お祭り前の準備はできる限りやってきた。

ちょっと気が早いけど、旅立つために必要な最低限の物も揃えた。

お金は少し心許(こころもと)ないけど、僕とライムにとってはこのくらいがちょうどいい金額なのかもしれない。

僕は家のドアに鍵をかけ、大きな一歩を踏み出した。

「行ってきます！」

魔興祭開催、五分前。

村の皆は大人子供問わずパルナ村の中央にある大広場周辺に集まっていた。

僕はライムを抱きかかえながら、右に左にと、人波に揉(も)まれている。

盛り上がるのはいいけど、あまり押さないでほしい。

魔興祭の本会場である大広場の奥には、木の演壇(えんだん)が設(もう)けられ、すでにその壇上(だんじょう)には村長のカムイおじさんと、事前に参加を表明していたリンド君が立っている。

毎年あそこで、魔興祭の優勝者を称える式典が行なわれる。

そして今年は〝村をいつでも出られる権利〟が与えられるのだ。

事前の情報戦で他の参加者をゼロにしたリンド君は、もう優勝は自分のものというつもりで壇上に上がっているのだろう。

一応僕が参加表明したものの、参加者不足の状況に変わりはなく、カムイおじさんは魔興祭を中止すべきか本気で悩んだそうだ。

でも、一度中止してしまうと、来年以降に影響しないか心配だ。それなら、せめて優勝者に与えられる新しい特典の披露会としてでも開催した方がマシだということになったらしい。

カムイおじさんの代でお祭りをなくすわけにはいかないし、村の大人たちもそれで一応は納得したみたいだ。

そしていよいよ、魔興祭が始まった。

「え、えぇー、ごほん……ではこれより、パルナ村伝統の魔興祭を開催する」

カムイおじさんがそう宣言すると、村人たちはざわざわとどよめき、なんとも言えない反応をした。

いつもならもっと〝わぁー！〟みたいな歓声が上がるところなんだけど、今年の状況は伝わっているんだから仕方がない。

壇上のカムイおじさんは、少し肩身が狭そうな様子で続ける。

「ええ、集まってくれたパルナ村の皆、本当にありがとう。今年もこうして魔興祭を執り行なうことができて、大変嬉しく思う。……ええ、そもそも魔興祭とは……」

例年お決まりの、祭りの起源についての話だ。

いつもだったら、〝早く進めちまえよ〟とか〝村長がんばって！〟なんて風に村人たちから野次や声援が入るのだけど、今回はみんな黙って見守っていた。

そして数分の語りの後、カムイおじさんは魔興祭のメインイベント――新成人たちによる従魔戦のルールの説明に入る。

試合には安全に配慮した厳密なルールが定められていて、傷ついた従魔を治療する係も、近くで待機している。

・魔興祭の試合はトーナメント形式で行われる。
・魔興祭の参加対象は今年召喚の儀を受けた新成人たちに限る。
・参加者はくじ引きで順番と対戦相手を決める。
・戦闘の続行不可能、また明らかな実力差が見られた時点で決着。
・試合中は大広場の会場から出るのは禁止。

・相手従魔を死に至らしめる攻撃、また過剰に痛めつける行為は禁止。
・テイマーへの攻撃や、テイマー自身が戦闘に参加することは禁止。
・武器の持ち込みは不可（ただし、従魔のスキル・魔法で作ったものはその限りではない）。
・相手にダメージを与えるものでなければ、スキル・魔法の事前使用は可能。
・禁止事項を行なった者、審判(しんぱん)の指示に従わなかった者は即失格とする。

普段の饒舌ぶりはどこへやら。カムイおじさんはかなり緊張した様子でルール説明を終えた。

それもそのはず、試合の審判を務めるのは、村長であるカムイおじさんだからだ。

勝敗の決定から禁止事項の適用、参加者の実力差の見極め等すべて審判の裁量(さいりょう)なので、責任重大。ルールの説明が間違っていた、なんてことになったら大失態である。

下手をすると参加者の新成人たちよりも、毎年審判を務めているカムイおじさんの方が緊張しているかもしれない。

長々とした説明が終わり、今度は魔興祭の参加者を集めるために、カムイおじさんが声を張る。

「ええ、では次に、魔興祭の参加者を募(つの)りたいと思う。事前に参加を表明したのはここにいるリンド・ラーシュのみ。他に誰かいないかのぉ？　飛び入り参加でも大歓迎じゃそ!?」

しかし大広場にいる新成人たちは皆口を固く閉ざしていた。

それはまあ、ガキ大将のリンド君の目の前で手を挙げる度胸のあるやつなんて、そうそういない。

結局、しばらく待っても、返事をする者は現れなかった。

壇上から大広場を見渡すカムイおじさんはやれやれと苦笑し、その隣にいるリンド君は勝ち誇ったような笑みを浮かべている。

「むぅ……いないなら仕方ない。ルゥ、頼めるか?」

「はい!」

僕の子供っぽい声が響き、しばし時間が止まったかのように静まりかえる大広場。

みんな呆然として固まり、唯一僕の参加を知っていたカムイおじさんだけが、バツが悪そうに頭を掻いている。

ずいぶん勿体ぶった参加表明をしてしまったせいで、少し恥ずかしい。

リンド君はというと、先ほどまで浮かべていた余裕の笑みを消し、目を丸くして僕を見つめていた。

まさか自分以外の参加者が出るとは思わなかったのだろう。

しかもその人物が、いつも自分がいじめていた僕だなんて、驚いても当然だ。

ようやく落ち着きを取り戻したのか、リンド君はゆっくりと目を細め、長らく続いていた静寂を破った。

「おい、冗談だろ？　ルゥ……お前、これがなんの祭りか知ってて、参加しようってのか？」

壇上から僕の名を呼ぶリンド君。

それを皮切り(かわき)に、周りの人たちの硬直は解(と)け、周囲がざわざわとした喧噪(けんそう)に包まれる。

しかし、彼らはまっすぐ手を上げている僕の姿を見て、再び黙り込んでしまう。

そんな中、僕は睨みつけてくるリンド君に、ぎこちなく返事をした。

「……う、うん」

彼はさらに眉間(みけん)にしわを寄せて僕を威嚇する。

しかし僕だって負けっぱなしじゃない。

彼の鋭い目を、正面から見つめ返し、決して目を逸らさないように我慢(がまん)する。

その睨みあいを、心配そうに見つめるカムイおじさん。

おじさんは、この緊迫した雰囲気を変えるべく、魔興祭を進行し続けた。

「で、では、ルゥ・シオンとその従魔、前に出てきなさい」

「……はい」

僕は小さく返事をして、いまだ驚きに呑まれている村人たちの間を縫(ぬ)って進む。

そしてお祭りの本会場である大広場に出る。

腕の中で静かにしていたライムを一撫(ひとな)でして、僕はリンド君と同じ壇上へと上がった。

すぐ隣から彼の突き刺すような視線を感じるけど、今はそんなこと気にしていられない。

壇上に立つと、この円形の大広場を囲む村人たちが見渡せる。こんなにたくさんの人が村にいたんだと、改めて驚きを覚える。

「ええ、他に参加者はいないかのぉ？　いないなら、今年の魔興祭はリンド・ラーシュとルゥ・シオンの、新成人二人による従魔戦で勝者を決める。異論はないか？」

異論は出なかった。

皆は沈黙という形で、僕たちの戦いを認めてくれた。

「では二人とも、大広場の中央へ」

村人たちの同意が得られたので、僕たちはカムイおじさんに促されて演壇から下り、従魔戦を行う円形の大広場の中央で向かい合う。

「グランドゴーレム！」

なんの前触(まえぶ)れもなく、リンド君が従魔の名を叫んだ。

すると、広場の外に控えていたグランドゴーレムが、ゆっくりと重々しい足取りで大広場に入ってくる。

頑丈そうな岩のブロックを積み上げたような、巨人型のモンスター。

他のモンスターとは大きさも威圧感もまるで違う。

その姿だけでもランクの高さがひしひし伝わってくる。

グランドゴーレムがリンド君の隣に辿り着くのに合わせて、僕も腕に抱えたライムを地面に降ろした。

途端に緊張感が湧いてくる。

周りから浴びせられる視線にも物怖（ものお）じしてしまう。

募る不安に自信を無くし、目を伏せていると、リンド君の笑い声が聞こえた。

「ぷっ、なんだよそのモンスターは？　何回見ても笑えるな」

「……」

僕は何も言い返せなかった。

彼が誇らしげにBランクのモンスターを従えている側で、小さくて可愛らしいライムを隣に置いている僕は、まだ戦闘前だというのに打ち負かされた気持ちになってしまう。

可愛いでしょ？　とでも自慢すればよかったのだろうか。

「そんなモンスターを連れて村の外に出ようとか、身の程（ほど）知らずもいいところだろ。自殺志願者かよ？　俺だったら絶対に外になんか出たくねえけどな」

面白がって笑いを堪（こら）えているようだった彼の声音（こわね）が、突然背筋が凍るほど冷たいものに変わる。

「もしかしてお前、ファナの背中でも追ってんのか？」

僕は思わず顔を上げて、リンド君の冷めた表情を見つめた。

その質問は、数日前の会話の続きに思える。

リンド君はファナに追いつくつもりでいる。そして、その道に立ち塞がった僕も、同じことを考えているんじゃないかと疑っている。

事実その通りだ。

僕もファナに追いつきたい。

幼馴染として、冒険者として、テイマーとして。

しかしそれは叶わないとでも言うように、リンド君は首を振り呆れた様子で続ける。

「無駄だぜ。あいつはAランクモンスターのドラゴンテイマーだ。すぐに名が知れ渡る。それなのに、Fランクモンスターのスライムテイマーごときが、追いかけようとしても無謀ってもんだ」

そんなの言われなくても分かっている。

むしろ、僕とライムが一番よく分かっている。

最高ランクのモンスターと最低ランクのモンスター。

村の人気者といじめられっ子。

頼りがいのある姉のような存在と、情けない弟のような存在。

追いかけても絶対に追いつけないかもしれない。

「今からでも遅くねえ。棄権しろよ、ルゥ。てか、降参した方がいいんじゃねえかぁ？」

挑発めいたその忠告に、僕は黙り込む。

確かに、今ならまだ引き返せる。

相手の従魔が自分の従魔より遥かにランクが高いのだから、棄権しても恥ではない。むしろ利口な選択だ。

こんな大勢の前で、従魔共々醜態を晒さずに済む。

そう考えて、皆はこのお祭りに参加しなかった。

リンド君を恐れて。

でも僕は、棄権するつもりはない。

彼の忠告だって、聞くつもりもない。

だって、戦ってみなきゃ、そんなの分からないじゃないか。

張り詰めた静寂の中、ようやく僕は恐る恐る口を開いた。

「……い、嫌だ」

「はぁ？」

「い、嫌だ。棄権は……しない」

震える拳を抑えるように握りこみ、カラカラに渇いた口を無理に動かす。

本当に情けない。

やっぱり長年いじめられた経験があるから、僕は無意識のうちにリンド君に勝てないと思い込んでしまう。

しかし僕は、その長年のいじめの仕返しをするように、リンド君を挑発した。

「そ、それに、そっちこそ……」

「……？」

「……か、勝つ自信が……ないんじゃないの？」

「あっ？」

威嚇するように身を乗り出し、首を傾げるリンド君。

少しだけ萎縮してしまうけれど、僕は止まらない。

「だ、だって……そうでしょ？　そうやってみんなを脅かして、参加者を減らして、確実に自分が優勝できるようにしてる。そ、それって……勝つ自信が……」

「はぁ？」

彼の恫喝する声に、僕は思わずびくっとして目を伏せてしまう。

リンド君はこちらまで聞こえるくらい大きなため息を吐いた。

見ないでも、彼が小馬鹿にするように肩をすくめている姿がありありと浮かぶ。

「分かってねぇなぁ、ルゥ。俺は早いとこ、この村を出たいだけなんだよ。だから参加者を絞(しぼ)って、手っ取り早く祭りを終わらせようとしただけだ。それで結果的に、気付いたら参加者がいなくなっちまってたんだよ。……勝つ自信がねえだぁ？　誰に向かって言ってんだよ？　勝つ自信しかねえっつーの」

そんな自信たっぷりの宣言を受けても、やはり僕が抱いている彼の評価は揺るがなかった。

「……ち、違う」

「はっ？」

「き、君は、怖かったんでしょ？　万が一誰かに負けちゃったときのことを考えて」

そして僕は、自分の手の平を見つめながら……静かに呟いた。

「だから保険を掛けた。万全を期した。テイマーとしてではなくガキ大将のリンド・ラーシュとしてみんなを威圧した。そんなのは、ただの〝逃げ〟だ」

違う？　と言うように、僕は顔を上げた。

そこには鋭くこちらを睨む金髪の少年の顔が。

いつもいじめていた相手に言い返されて、気分を害したのだろうか。

彼は小さく舌打ちをした。

「調子に乗るなよルゥ。祭りのルールに守られて安全だと思ってるのか知らねえけど、その気になりゃそこの雑魚(ざこ)モンスターと一緒にお前もまとめて潰すことができんだぞ？」

その脅しに、僕は若干身構える。

祭りを取り仕切るカムイおじさんが叱りつけたが、リンド君は構わず続ける。

「最後にもう一度だけ聞く。本当に棄権する気はねえんだな、ルゥ」

……いい加減、しつこい。

そう思った僕は、数日前、僕の家の前で彼がやってきたみたいに、敵意をむき出しにして彼に喧嘩を売った。

「だから、それが〝逃げ〟だって言ってるんだよ、リンド君」

さすがに、怒鳴られると思った。

言った後でビビるくらいなら挑発しなきゃいいのにと、自分でも後悔するが、時すでに遅し。

だけどリンド君は、大きく笑ってカムイおじさんの方を向いた。

「よし、分かった！　始めていいぜカムイ爺さん！」

その声に不意を突かれ、カムイおじさんは少し驚きつつ〝お、おぅ〟と頷く。

たぶんリンド君は今、最高にキレている。

今までで一番。僕が見たことがないくらいに。

だからこれで、彼は僕と本気で戦ってくれるだろう。

お互い本気じゃなきゃ、お祭りは盛り上がらない。

この挑発は絶対に必要なものだった。

後で〝本気じゃなかった〟なんて言い訳されたくないっていうのが、一番なんだけど。

僕たちは、互いに従魔を前に出し、戦闘態勢に入った。

祭りが今、始まる。

8

——スライムとは、一体どういうモンスターなのだろう？

この疑問の答えを見つけない限り、僕は相棒のライムのことを真に理解しているとは言えない。

テイマーとして、従魔の特性や種族に関することを知るのは当然のことだ。

現段階で僕が知っていることといえば……

最低ランクのFランクモンスターで、他のモンスターより弱い。

パワーよりスピードの方がある。

レベルが上がりやすい。

ぷにぷにした水色の丸い体で、くりっと大きな目。

見た目のわりに温かい。

鳴き声はキュルキュル。

意外に食いしん坊。

でも抱っこすると軽い。

撫で撫でされるのが好き。

寝る時は丸い体をさらに丸める。

寝息はキュルキュルではなく、すぴーすぴー。

基本的に寝相（ねぞう）は良いけど、たまに僕の枕を奪（うば）う。

人懐（ひとなつ）っこくて、寂しがり屋。

臆病（おくびょう）。

優しい。

他にもまだまだたくさんあるけど、僕はまだライムのことを全部知っているわけじゃない。

ましてや、野生のスライムについてはさっぱりだ。

スライムという種の特徴はまったく理解できていない。

スライムとは、一体どういうモンスターなのだろう？

みんなからバカにされているモンスター？

草原で出会えば真っ先にやられちゃうモンスター？

他のモンスターに背を向けて、一目散に逃げ出しちゃうモンスター？

全部想像だけど、それはまるで誰かさんのことを言っているみたいだ。

＊＊＊＊＊＊

「試合、開始！」

大広場に、普段とは違うカムイおじさんの覇気に満ちた声が響き渡った。

それとほぼ同時に、リンド君が従魔に命令を出す。

「グランドゴーレム、【アースショット】だ！」

「ゴオォォォ！」

彼のグランドゴーレムはその命令に従い、岩のブロックで構成された右腕を重々しく持ち上げた。

その腕をこちらに向けて、手の平を開く。

瞬間、人間の頭部よりも大きい岩の塊が、複数撃ち出された。

ライムはすぐさま横に飛び、迫る多数の岩石を回避する。

巻き込まれそうになった僕も、後ろに下がった。

やっぱり、リンド君は最高にキレている。

下手したら僕にも当たって即失格もあり得たのに、躊躇なく技をぶっ放してくるなんて。

それに、今のはゴーレム種が得意としている土属性魔法だ。

パワー型然としたゴーレム種だけど、見た目に似合わず様々な魔法を駆使することでも知られている。だから、直接攻撃だけに警戒していればいいというわけではない。

最初から全開で、惜しげもなく得意技を仕掛けてくるなんて、手を抜くつもりはないということだろう。

「ライム、そのまま敵の攻撃を避け続けるんだ！」

「キュル！」

闇雲に攻撃しても、とてもじゃないけどグランドゴーレムの鉄壁の守りを破ることはできない。

まずは攻撃を避け続けて、敵の弱点を見つける。

もしかしたら防御力が売りのゴーレム種には弱点なんかないのかもしれないけど、何か癖の一つでも見つけられればそれでいい。

ライムは僕の命令通り、ゴーレムの【アースショット】を避け続ける。

飛来する岩石を飛び越えたり、左右にステップして躱したり、小さい体を活かして下を潜り抜けたり。

できるだけ弱点を見つけやすくするために、ライムは敵の左右や背後に回るようにしていた。

「逃げてるだけじゃ勝てねえぜ！」

ゴーレムの周りをぐるぐると回るライムを見て、リンド君は嘲笑うかのごとく叫ぶ。

すると彼は片膝を地面に突いて、グランドゴーレムに別の指示を出した。

「グランドゴーレム、【アースクエイク】だ！」

「ゴオォォ！」

岩のブロックを積み上げたような巨人型モンスターは、角笛みたいな鳴き声を上げた。

そして【アースショット】に使っていた右腕を、今度は地面に叩き下ろす。

一体何を？　と思う間もなく、凄まじい揺れが足元を襲ってきた。

立っていられないくらいの振動。

僕はリンド君と同じく、地面に膝を突いてしまう。

彼は事前にこの衝撃に備えていたんだ。

見ると、周囲にいる観客たちのところにまで揺れは届いているようで、あちこちから驚きの声が聞こえてくる。

ただ、揺れが影響を与える範囲は限定的らしく、離れている観客たちの中に体勢を崩している人はいない。

しかし、発生場所に一番近かったライムは、その衝撃をもろに受けて、身動きを封じられてしまった。

小さな体をぷるぷると揺らしていて、これでは攻撃が避けられない。

そう危惧したそばから、グランドゴーレムは動けないライムに近づいていく。自分の技に耐性があるのか、揺れの影響をまったく受けていない様子だ。

ゴーレムは、ライムの真正面まで来ると、ごつごつとした岩の右腕を大きく振り上げた。

すかさず僕は叫ぶ。

「【限界突破(リミットブレイク)】！」

スキルが発動するや否(いな)や、ライムは無理な体勢から横に跳ぶ。

グランドゴーレムの逞(たくま)しい右腕が、数瞬(すうしゅん)前までライムがいたその場所に叩き下ろされた。

「はぁ？」

ライムの危機一髪(ききいっぱつ)の回避を見て、リンド君は素(す)っ頓狂(とんきょう)な声を上げた。

真っ赤なライムが大広場の真ん中に着地すると、次いで周囲に集まっている観客たちにざわめきが広がった。

不思議そうにライムを見る者、驚きに目を見開く者、大きく首を傾げる者。

そしてリンド君も、そんな彼らと同じ疑問を抱いた。

「【限界突破(リミットブレイク)】っていやあ、亜人型モンスターのスキルじゃねえか。なんでスライムが使える？」

「……教えると思う？」

「……ま、そりゃそうだな」

彼はつまらなそうに肩をすくめる。

「どんな手品か知らねえけど、どうでもいい。青だろうが赤だろうがグランドゴーレムにダメージは与えられねえよ」

ざわつく周囲など関係ないとばかりに、彼はグランドゴーレムに命令を出した。

「グランドゴーレム、【アースショット】だ！」

「ゴオォォォ！」

岩の巨人型モンスターは先刻同様、右の手の平から岩石を飛ばしてくる。

さすがに【アースクエイク】を二回続けて使うことはなかったか。

あの魔法を発動させている最中、グランドゴーレムは揺れが完全に収まるまで地面から手を放さなかった。

もしかしたらあれは弱点の一つかもしれない……そう直感したが、使ってこないなら意味がない。

僕は歯噛（はが）みしながら、ライムに命令を出した。

「ライム、避け続けろ！」

【限界突破（リミットブレイク）】により身体能力を強化したライムは、先ほどより余裕を持って岩弾を躱していく。

「キュル！」

しかしこれを続けられるのも三分限り。その後、十分間は使用不可になってしまう。

それまでになんとしても……！

僕は相手ゴーレムの一挙手一投足に注意を払った。

戦闘中にテイマーができることは、頭を使うこと。

相手の弱点や癖をいち早く見抜き、従魔に的確な指示を飛ばす。

従魔の力だけに頼って戦っているようじゃ、そんなのテイマーとは呼べない。

岩石が飛び、赤く染まったスライムが跳ねる光景を、僕は最大限に集中して見つめた。

すると、グランドゴーレムはなぜか突然攻撃の手を休め、右腕を力なくだらりと下げてしまった。

その姿を見た主人のリンド君は、舌打ちまじりに漏らした。

「ちっ、もう魔力切れかよ」

それを聞いた僕は、しめた！　と思った。

これで遠距離からの攻撃はなくなる。

近づいて、もっと精密（せいみつ）に弱点観察できる。

しかしその目論見（もくろみ）は、一瞬にして打ち砕かれてしまった。

「グランドゴーレム、【アースエイド】」

「ゴオォォオ」

リンド君が発した命令に、ゴーレムは低い唸り声で応える。

そして先ほどの地震を起こした魔法同様、右腕を地面に叩きつけた。

僕とライムだけでなく、周りの村人たちも振動に備えて身構える……が、一向に何も起こらなかった。

地震が起きる気配も爆発することもない。

もしや魔力切れなのを忘れて魔法を発動してしまったのか？　などと疑ってみたものの、何か引っかかるものがあり、僕は手出しせずにゴーレムの様子を観察し続けた。

そして、気がついた。

ゴーレムが手を突いている地面がどんどん陥没していってる。

腕を叩きつけた衝撃によってではない。

なんだか地面そのものを吸収しているような……

そこでようやく僕は、リンド君の愚痴の意味に気がついた。

ゴーレムの魔力切れ。

おそらく彼が命令した【アースエイド】という技は、攻撃魔法でも防御魔法でもなく、魔力回復をするものだったんだ。

技名に〝アース〟とついているところからして、おそらく、土を吸収して魔力に変換する土属性魔法。

そんなものがあるなんて聞いたこともないから、魔法ならかなり高位の土属性魔法に違いない。

土属性が得意なゴーレムだから習得できた技――初めから持っていた可能性もあるけど――というわけだ。

モンスターが持つ〝力〟は大きく分けて二種類存在する。

一つはスキル。

その種族だけが持つ特別な力のことで、他の種族は絶対に覚えることができない。

強力なものや特殊なものが多く、発動時にそれなりに大きなリスクやデメリットを伴うものも多い。

もちろん、中にはノーリスクノーデメリットのものもあるけど。

そして二つ目は魔法。

モンスターが魔力を消費することで発動可能な、汎用性(はんようせい)の高い技だ。

魔力とは、すべてのモンスターに宿っている不思議な力で、その総量は種族やレベルによってまちまち。消費した後は食事や時間経過によって回復する。

リスクやデメリットが多いスキルと違って、魔法は魔力が続く限りいくらでも発動可能な技と言える。

あえて一つデメリットを挙げるとすれば、スキルのような種族特有のものではなく、同じ魔法を他のモンスターも覚えている場合があるということ。

それは、相手に情報が筒抜けになっているのと同然だ。

【アースショット】だって、他にも覚えているモンスターはたくさんいる。

ゴーレム種が土属性魔法を使うことは分かっていたんだから、事前にもっと調べておけば、みすみす魔力を回復させるような失敗を防ぐことだってできたかもしれない。

今からでも止めに入るか？　と考えるが、すでに遅かった。

魔力を回復したグランドゴーレムは、陥没した地面から手を離し、再び右腕をライムに向けた。

リンド君は改めてゴーレムに命令しようとする。

またあの岩石飛ばしだと直感した僕は、続けてライムに回避するよう言いかけた。

だが……

「【アースクリエイト】！」

「ゴオォォォ！」

リンド君がその魔法名を口にするや否や、グランドゴーレムの右腕が凄まじい速度で伸びた。

一瞬で何倍もの長さになった腕は、【限界突破（リミットブレイク）】中の真っ赤なライムのもとに達し、いとも簡単に捕（と）らえてしまう。

「キュ……！」

片手サイズのボールのようにライムを掴んだその手は、今度は逆にぐぐっと縮んでいく。

腕の長さが元に戻ると、ライムの正面にはゴーレムの大きな顔があった。

さすがにライムも、これには驚いた様子だ。

「ライム！」

僕はただ叫ぶことしかできない。

まさかあそこまで速い遠距離の魔法があるなんて。

岩石を飛ばしてくる【アースショット】が最速の攻撃じゃなかったのか。

捕まって動けずにいるライムを、どうにか助けられないかと頭をフル回転させるが、それを待ってくれるほど優しいリンド君ではなかった。

「……潰せ」

冷ややかな笑みを浮かべ、残酷（ざんこく）な命令を出す。

グランドゴーレムは忠実（ちゅうじつ）に従い、ライムを掴んだ右手ともう片方の左手を顔の前に掲げた。

そして、合わせる。

バンッ！　と大きな音が鳴り、ゴーレムはまるで揉み手をするような形で手を合わせる。

体が小さいライムは完全に潰されて見えなくなってしまった。

その光景に会場中が静まる。

審判のカムイおじさんも、観客たちも、ゴーレムの手元を呆然と見つめていた。

何が起きたのかは一目で明らかだ。

「これ、リンド！」

しばし硬直していたカムイおじさんは、はっとなってリンド君を強く叱る。

「だ〜いじょうぶだって！　ゴーレムには殺さない程度に加減しろって言ってあるから！

でもまあ、ちょっとの怪我じゃ済まねえかもなぁ」

そう言って笑ったリンド君は、勝ち誇った顔で僕を見た。

グランドゴーレムは主の勝利を証明するように、そっと手を開く。

嫌な光景を思い浮かべた観客たちは、半ば目を逸らした状態でその様子を見守る。

その中には……

「あぁ？」

何も、いなかった。

先ほどまで手の中に捕まっていて、逃げた様子もないのに、そこにライムの姿はない。

ただ、ゴーレムの手の平は、水に浸けたかのように、濡れていた。

「おいおい、さすがに柔らかすぎんだろ、スライム。こりゃ不可抗力って言われても仕方がないんじゃねえかぁ？」

リンド君は嫌味な笑みを浮かべて、相変わらず挑発的な口調で話す。

だが、僕は気持ちを乱したりはしなかった。

勝ちを確信し、ほくそ笑む彼に、僕は言った。

「……まだ」

「あぁ？」

「まだ……負けてない！」

そう叫び、着ていた大きなコートを大袈裟に広げてみせる。

そこから手品のように飛び出してくる〝八つ〟の水色の影。

うち七つは僕の目の前で横一列に並び、うち一つは僕の頭の上に器用に乗って、〝キュルル〟と嬉しそうに笑った。

つられて僕も笑ってしまう。

たくさんのライムたちに囲まれて、どんな高ランクモンスターの軍勢よりも心強い味方を得た気持ちになった僕は、勝ち誇っていたリンド君に、逆に勝ち誇った笑みを返してみせた。

「な、なんだそりゃ⁉　そんなのありかよ！」

突然現れたたくさんのライムたちを見たリンド君が毒づき、観客たちも酷く混乱していた。

そんな彼らに〝ありなんだよ〟と言ってやりたかった。

これはライムの【分裂】スキルで作った、複数の分裂ライム。先ほどグランドゴーレムに潰されてしまったのも、そのうちの一匹だ。

僕は事前に、八匹のライムを【分裂】スキルで作っていた。

相手を攻撃するもの以外なら試合前にスキルを使用してもよいので、ルール上では特に問題はない。

その点は予め(あらかじ)カムイおじさんに確認してある。さすがに驚かれたけど。

スキル・魔法の事前使用は可、というのは、主に身体強化スキルや武器生成の魔法を使うためのルールで、スライムを分裂させることは想定されていない。

まあ、パルナ村でスライムなんか召喚した人は、僕しかいないらしいけどね。

でも僕はそのルールを知り、頭を働かせ、この作戦を立てた。

なぜ従魔から分離したモンスターが僕の言うことを聞くのか？

レベル上げの中でそう疑問に思った僕は、森で戦いながら分裂ライムを調べた。

まず分裂ライムは、極端に言ってしまうとただの水だ。

ライムの半分の力を持ってはいるが、肉体は水で出来ている。

痛覚はなさそうだし、そもそも一度でも攻撃を受けると――具体的には体に傷がつく程度の攻撃を受けると、形が崩れて消滅してしまう。

でも、そんな水の塊が、どうして僕の従魔として言うことを聞いてくれるのか？

僕はこう考えた。

分裂ライムは自我を持っているわけではなく、ライム本体の意識を拡張したものじゃないかと。

分かりやすく言うなら、自由に動かせる手足が一本増えたようなもの。つまり、半分の力を持つ、水で出来たもう一本の手足だ。

もし個別の意識を持っていたら、逆に混乱してしまい、僕の言うことをここまですんなり聞かなかったと思う。

そしてライムが一度に〝操作〟できる分身の数は、八匹。

それ以上出そうとしても、最初に作った分裂ライムから消えていってしまう。

意識は一つだけなので、さすがに限界まで出すと操作性はかなり落ちる。

それでも、どうにか分裂ライムを戦力として組み込むことができるのだ。

一度分裂をするとライムの体力は半分になって疲れてしまうけれど、分裂ライムを出した状態でも、しばらく休んだらライム本体の体力は元に戻った。

休憩を挟みながら【分裂】を繰り返せば、ライム本体の体に問題はない。

そして、一匹の分裂ライム以外をコートの中に忍ばせておき、僕は魔興祭に参加したのだ。

さすがに八匹は重かった。

ちなみに、お祭りが始まる前に、僕はライムにこう命令しておいた。

『リンド君たちにバレないように、最初の分裂ライムのことを〝ライム〟って呼ぶからね。消えちゃった後は元通りで大丈夫だから。分かった？』

『キュ、キュルゥ』

ライムは難しい顔をしていたけど、事前に練習していたからあまり心配はなかった。

そんなこんなあって、ライムと分裂ライムの入れ替わりが完了したのだ。

「一体……いつの間に……」

リンド君は、僕の前に並ぶ七匹の分裂ライムを悔しそうに睨んだ。

もう隠す必要はないので、僕は種明かしをする。

「最初からだよ。僕はお祭りが始まる前からライムにスキルを使わせて、ライムと分裂ライムを入れ替えて戦っていたんだ」

僕はリンド君に勝つつもりだし、お祭りを盛り上げるつもりでもいた。

だけど、ライムをいきなりBランクモンスターの前に立たせる気は毛頭なかった。リンド君はルール無用でライムを潰しに来る可能性が十分あったから、いくら保険を掛けておいても無駄にはならない。

それに、ただ攻撃を避けるだけなら分裂ライムでも可能だ。

戦闘前にリンド君を挑発したのは、大振りな攻撃を誘うためでもあった。

これは一種の賭けで、僕が得意な〝逃げ〟だ。

しかし肝心な弱点がまだ分からない。

せめてグランドゴーレムの弱点が見つかるまでは、最初の分裂ライムで粘るつもりだったけど、やっぱりこの辺が限界か。

僕が密かに歯噛みしていると、混乱から立ち直ったらしいリンド君は、再び嫌味な笑みを浮かべた。

「はっ、まあいいか。別に本物だろうが偽者だろうが、全部潰せば関係ねえ。それに正体が分かっちまえばこっちのもんだ」

「……」

確かにその通りだと、僕は何も言い返せなかった。

【分裂】のスキルはバレなければかなり有効だけど、いざ偽者だとバレたらほとんど使い物にならない。掠り傷一つで消えてしまうのだから。

あの口ぶりだと、たぶんリンド君は【分裂】スキルの弱点を知っている。

今までは大振りな攻撃が多かったけど、これからは速さ重視の、たとえば石つぶてのような簡単な攻撃で分裂ライムを消しにくるだろう。

バレる前にこちらも弱点の一つでも見つけておきたかった。

こうなったら、一か八かで……

「おいグランドゴーレム、あいつらを消せ」

「ゴオォォ！」

僕が危惧した通り、リンド君のグランドゴーレムは先ほど自分が飛ばした【アースショット】の残骸(ざんがい)に近づいて踏み砕いた。

そしてバラバラになった小石をまとめて掴み、こちらに投げようとする。

とっさに僕は頭の上のライムを地面に降ろして叫んだ。

「ライム、分裂ライム、【限界突破(リミットブレイク)】！」

『キュルル！』

八匹のライムたちの声が重(かさ)なる。

一瞬で真っ赤に染まったライムたちは、あちこちに散った。

会場を跳ねまわる分裂ライム、高く飛び上がる分裂ライム、ゴーレムの背後に回る分裂ライム。

それぞれが敵を撹乱するように動くので、相手ゴーレムは狙いを定められずにいる。

これでしばらくは時間が稼げる。

本物のライムと分裂ライムは見分けがほとんどつかないし、本物は分裂よりも能力が高いので、そう簡単に攻撃は当たらないだろう。

今のうちに奴の弱点を見つけるんだ。

グランドゴーレムはどのライムを狙っていいか分からずにおろおろしている。

リンド君もどう指示すればいいか分かっていないらしかった。

ちなみに、僕もどれが本物かは見分けがつかない。

すると一匹のライム——たぶん分裂の方——がゴーレムの左手に乗って、挑発するように跳ねた。

危ないことするなぁ……と思ったのも束の間、ゴーレムは分裂ライムごとその左手を地面に叩きつけようとする。

分裂ライムは寸前で飛び去り、グランドゴーレムは意味もなく自分の手を地面に打ち付けただけだった。

だが……

「んっ……？」

何か、様子がおかしい。さっきまでは一度もそんな素振りは見せなかったのに、なぜかグランドゴーレムは打ち付けた左手を――まるで痛がるように振っている。

ゴーレムの表情までは読み取れないけど、何か事故があったんじゃないか？

でも、なんで突然左手を……？

よく見ると、ゴーレムの左手の平の色が変わっている。

水を吸った砂が泥になったような感じに。

「……水？」

潰された一匹目の分裂ライムが残した水が、ゴーレムの岩の肌に染み込んだのか？

防御力が売りのはずのゴーレム種が、たったそれだけのことで……

そこで僕は、一つの可能性を見出した。

もしこれが当たっているなら、グランドゴーレムを倒せる。

分裂ライムたちの【限界突破】もそろそろ残り時間が心許ないし、これに賭けるしか……

僕は最後の望みとばかりに、分裂ライムたちに指示を出した。

「分裂ライム！　三匹でゴーレムの腹に体当たりだ！」

『キュルル！』

跳ねまわっていた分裂ライムのうち三匹が、指示通りゴーレムに向かって駆け出す。

グランドゴーレムは手の痛みに気を取られていて反撃が間に合わない。

「ちっ、何やってんだ、ゴーレム！　叩き潰せ！」

そこに、制限時間ぎりぎりの【限界突破（リミットブレイク）】によって強化された分裂ライムたちが、全力の体当たりをぶちかました。

バチャッ！　バチャッ！　バチャッ！　と、弾ける音が立て続けに三回。

【限界突破（リミットブレイク）】を使っていると言っても、所詮（しょせん）は【分裂】で作った偽者なので、攻撃力不足で逆に潰されてしまう。

その様子を見てリンド君は、〝バカなんじゃねえの〟と言いたげに首を傾げている。

だけど、これでいい。

グランドゴーレムの腹部が、水でびしょ濡れになっているのを確認すると、僕は再び分裂ライムたちに叫んだ。

「残りの分裂ライムたちで、ゴーレムの腹に飛びつけ！」

『キュルル！』

本物のライムを残した四匹の分裂ライムたちは、グランドゴーレムの腹めがけて跳んだ。

そこでようやくリンド君はゴーレムの異変に気がつく。

おそらく彼は、グランドゴーレムの弱点を知らなかったのだろう。だから判断が遅れた。

リンド君は急いでグランドゴーレムに命令を出そうとするが……

「――!?　くそ!!　ゴ、ゴーレム、腹をまも……」

……遅い。

すでに残りの四匹は、【限界突破】によって強化された素早さで、ゴーレムの懐に潜っていた。

そして分裂ライムたちは、水に濡れたグランドゴーレムの腹にはむっと食いつく。

それを確認した僕は、右手を振るって声を張り上げた。

——これが、君がバカにした、スライムの力だ。

——君がいじめていたルゥ・シオンの悪知恵だ。

——そして、弱っちい僕たちの必殺技だ。

「【自爆遊戯】！」

瞬間、分裂ライムたちは一斉に爆発した。

グランドゴーレムの腹部が光り、炸裂し、四重の爆発が重なり轟音が響く。

爆風は砂塵を巻き上げ、会場の揺れで観客たちが騒ぎだす。

近くにいた僕とリンド君も、爆発の衝撃を受けて膝を突いていた。

爆風に乗って転がってきたライムをキャッチして、僕は爆発の行方を見守る。

やがて舞い上がった砂塵が晴れて、その全貌が明らかになった。

先程まで逞しい両足で立っていたゴーレムは、爆発の衝撃によって飛ばされたのだろうか、広場の少し後方で横たわっていた。

直接爆発を受けた腹部は、巨大なハンマーを叩きつけられたかのような惨事(さんじ)で、バラバラと岩の肌が剥がれていた。あの様子では体を動かすのもままならないだろう。

おそらく、ゴーレムの弱点は水で、わずかだが濡れた部分は防御力が落ちるみたいだ。おかげで【自爆遊戯(デッドリーボム)】は十分に威力を発揮できた。

そして己の従魔の傷を間近で見たリンド君は、驚きに目を見張ってグランドゴーレムに呼びかけた。

「お、おい！　グランドゴーレム！　しっかりしろ！」

しかしグランドゴーレムは、壊れた笛(ふえ)のような弱々しい声しか上げない。

「なに倒れてんだよ！　あんな雑魚モンスターの攻撃程度で！　お前はBランクモンスターだろうが⁉」

その物言いに、僕はライムを抱えながら顔をしかめた。

「……リンド君」

爆発に驚き、呆然と固まっていた人たちがようやく動き出す。

グランドゴーレムの状態を一目見て、〝戦闘の続行不可能〟と判断したカムイおじさんは、慌てて後方の治療係を呼ぶ。

「すぐに治療係の従魔を……」

「俺はまだ負けてねえ！」

しかし、リンド君の声がカムイおじさんの声を遮った。

そして彼は、自分の従魔の体に拳を打ちつけ、さらに叫ぶ。

「くそっ！　起きろよ！　さっさと立ってあいつを潰せ！」

しかし、損傷が激しいゴーレムは立ち上がれない。

それでもリンド君は命令を続ける。

きっと、いつも自分がいじめていた相手に負けたという事実を、認めたくないんだ。

僕はライムを抱えたまま大広場を横切り、彼に歩み寄った。

「……リンド君」

「あぁ⁉」

僕の声を聞き、リンド君は殺気立った顔でこちらを振り向いた。

少し萎縮してしまうが、僕は構わず続ける。

「もう……終わりだよ。早くその子を治療係に見せた方が……」

「うるせぇ！　こいつはまだ戦える！　それに、ゴーレムテイマーの俺が、お前たちみたいな雑魚に負けるはずがねえんだ！」

そう言うとリンド君は、グランドゴーレムの腕に手をかけ、無理にでも立ち上がらせようと力を込めた。

しかし、岩のブロックを積み上げたような巨人型モンスターは、見た目通りの重さで、とてもじゃないが持ち上がらない。

それでも彼は執拗に、ゴーレムの腕を引っ張り続ける。

その光景を見て、思わず僕はライムを抱く腕に力が入ってしまった。

主人の命令を忠実に聞き、僕たちをあと一歩まで追い込んで、立派な戦いを見せたグランドゴーレム。

正直、僕たちが勝てたのが不思議なくらいだ。

リンド君がゴーレムの弱点をちゃんと知っていたなら、結果は違ったかもしれない。

だから、その子は何も悪くない。

これ以上、その子を戦わせるのはやめてほしい。

気がつけば僕は、リンド君に駆け寄ってぎゅっと腕を掴んでいた。

リンド君の突き刺すような視線を感じるが、構わず僕は彼に向かって叫んだ。

「もう終わりにしろ！」

自分の声だと思えないくらい、酷く掠れた低い声だった。

その声に、目の前のリンド君もろとも、周囲の村人たちも静まりかえる。

腕の中のライムも、驚いた様子で僕のことを見上げていた。

召喚の儀を受けた後から、僕はなんだか怒りっぽくなっている気がする。

やがてリンド君は、脱力してゴーレムの腕から手を放した。

いつも静かだった奴が突然大声を出して、戸惑っているようだった。

僕も彼の腕から手を放し、一つ息を吐く。そして、今度は冷静に告げた。

「自分の従魔のことは、自分が一番よく分かっているはずだ。グランドゴーレムはもう戦える状態じゃない。だから終わりにするんだ」

僕にしてはかなり偉そうな口調だったせいか、リンド君は悔しげにこちらを見る。

負けを認めろと言われているのも同然なんだから、仕方がない。

だけど、負けず嫌いの彼が、素直に認めるはずもなかった。

「俺が……お前なんかに……」

リンド君は歯を食いしばり、悔しげな視線をぶつけてくる。

今まで自分がいじめていた、村一番の軟弱者に喧嘩で負けるなんて、屈辱以外の何ものでもないだろう。

僕だって、本当に勝てたことが信じられないくらいだから。

だからこそ僕は、彼に伝えたいことがある。

なんで彼が僕に負けて、僕が彼に勝ったのか。

僕は、少し自嘲気味に苦笑しながら語りはじめた。

「リンド君の言う通り、僕はパルナ村のいじめられっ子ルゥ・シオンで、相棒のライムは最弱のFランクモンスターだ。普通ならゴーレムテイマーの君が負ける相手じゃない」

ここまでハッキリ彼に何か話すのは初めてかもしれない。いつもはバカにしてくる彼に、愛想笑いしながら相槌を打つ程度だったから。

でも今は違う。

今は、ルゥ・シオンとしてではなく、同じテイマーとして伝えたいことがあるんだ。

僕は、口を噤むリンド君に、胸の内を吐露した。

「最初は負けて笑いものになってもいいと思っていたし、リンド君に勝つなんて絶対に無理だって考えてた。ファナを追いかけるのも、やっぱり不相応かもしれないと思ってる。けど……」

無意識に腕の中の相棒に目を落としながら、僕は続けた。

「ライムがそれを諦めなかったから、僕もそれを諦めない」

そう言うと、リンド君は少しだけ驚いた様子を見せた。

たぶんあのとき僕は、初めてライムのことを相棒として認識したと思う。

召喚の儀の後に、僕はファナに冷たく当たってしまった。彼女をこのまま村に縛り付けておくのはいけないと思ったから、わざと突き放すように怒鳴ったつもりだったけど……

結局あれは、僕の嫉妬で、諦めだったんだ。

儀式を受けて才能の違いを見せつけられて、僕は家に帰って泣くことしかできなかった。

でも、ライムはずっとそばにいて、慰めてくれた。

「従魔と僕たちは一心同体なんだ。従魔が強いからって、それはリンド君の力じゃない。当然従魔だけの力でもない。一緒だから、僕たちテイマーは戦えるんだよ」

従魔と僕たちは一心同体。

まだたった数日の付き合いだけど、僕とライムはそれくらい気持ちが繋がっていると思っている。それに、似ているところだってある。

前に、スライムとは一体どういうモンスターなのだろうと疑問を抱いたけど、その答えが今分かった。

まるで僕みたいなモンスター、ということだ。

弱っちくて、他のみんなにバカにされて、逃げ足だけは速い。

だからこそ、スライムは僕の相棒に相応しい。

そしてリンド君とグランドゴーレムだって、似ているところは確かにあるはずだ。

みんなよりも強いところ、大きくて頑固（がんこ）なところ。

彼らは僕たちと同じように、分かり合えるはずだ。

そうして僕たちが強くなったように。

だから……

「もし戦いに負けちゃったなら、従魔と一緒に悔しがればいいし、次の戦いで勝ったときは、それ以上に一緒に喜べばいい。そうすればきっと、リンド君たちはもっと強くなれる。たぶん僕たちよりも。だから今は……」

負けを認めて治療係にこの子を見せるべきだ、と同じことを続けそうになったが、それだと彼はまた意地を張ってしまうかもしれない。

そう思った僕は、足りない頭で必死に考えた。

結果、僕の口から出たのは、なんとも場違いなアドバイスだった。

「その子に、名前でも付けてあげたらどうかな」

リンド君が大きく見開いた目に、僕の姿が映る。

果たしてこの反応は驚きによるものなのか、それとももっと別の感情によるものなのか。

それを知る前に、彼は悔しげに顔をしかめ、目を伏せてしまった。

負けを認めた、ということなのだろうか。

僕たちのやり取りを見守っていたカムイおじさんは、リンド君のその様子を見るや、すぐさま治療係をグランドゴーレムのところに向かわせた。

それを合図に、周囲の人たちも我に返って動きはじめ、広場はとたんに騒がしくなる。

そんな喧騒（けんそう）の中で、リンド君はただ、悔しさを隠すように、じっと俯き（うつむ）続けていた。

こうして、過去に例のない、FランクモンスターのテイマーとBランクモンスターのテイマーによる、一対一の魔興祭は終了した。

なんとも後味が悪い終わり方で、僕が参加した目的の一つである〝祭りの盛り上げ〟という意味では、成功とは言い難い。

それでも魔興祭の存続(そんぞく)はできるし、これからの課題も見えたはずだ。

結局僕は閉会の式典で壇上には上がらず、騒然(そうぜん)とする会場を後にした。

9

うっすらと茜色(あかね)に変わりつつある空。

どこか寂しげな雰囲気の空は、野生のモンスターが活発に動き出す夜の訪れが近いということを知らせていた。

そんな空を見上げて、僕は色々な思いを巡らせる。

「もう行ってしまうのか、ルゥ？」

聞き慣れたカムイおじさんの声が後ろから聞こえてきた。

僕は空を見ていた視線を戻し、振り向いてから頷く。

「うん、もう行くよ。急げば夜中になる前に森を抜けられると思うから」

なんでもないように言ったつもりなのだが、白髪白髭のカムイおじさんはどこか煮え切らない声色だ。

「しかしなぁ……」

「いいんだよ、僕が自分で決めたことだし。村を出る権利を使うかどうかは自己責任だって言ってたじゃん」

軽く肩をすくめて、いつも通りに微笑む。

「それに、僕がこの村に残ったら、なんか気まずいでしょ？　僕が勝っちゃうと、こうなるって薄々分かってたし……これでいいんだよ」

平常心のつもりだったけど、さすがに顔に出てしまっているのが分かり、僕は自嘲気味に口元を歪めて視線を落とした。

すると、視界に水色の塊が入る。

ちょうど足元にいた相棒が、心配そうな顔でこちらを見上げていた。

ライムとぴったり目が合うと、僕は無理に笑って平静を装った。

魔興祭が終了して、わずか数時間。

事前に旅の準備を整えていた僕は、祭りの熱気の冷めやらない村の出口に立っていた。

もし、今日の魔興祭でリンド君に勝ったら、僕はそのまま村を出て行くつもりでいた。

どんな勝ち方をしてもリンド君と気まずくなることは想像に難くなかったし、村に居づらくなってしまうことも薄々感じていたから。

結果はその通り――と言うより、心配した通り。

いまだ拭いきれてない迷いを消すために、肩に掛けたバッグを背負いなおし、カムイおじさんの方に視線を向ける。

「しかしのぉ……見送りがワシだけじゃ、寂しくないか？　なんなら、もっと呼んできてもいいんじゃが……」

おじさんは変わらず心配そうな目で僕を見ているが、村を旅立つのはもう決めたことだ。

ライムともちゃんと話し合ったし、何も心配はいらない。

「いいよいいよ。カムイおじさんだけで十分嬉しいから」

僕にとって彼がおじいちゃんのようであるように、彼は僕を孫のように思ってくれている。

カムイおじさんの心配を拭おうと、僕は精一杯の笑顔を作る。

そうでなくても、彼はこのパルナ村を仕切る村長で、皆の優しいおじいちゃんなのだから、心配するなと言われても無理があるのかもしれない。

「実はさっき、ルナの奴を呼んだんじゃが、忙しいからと断られてしまってのぅ」

カムイおじさんは後ろをちらりと振り返りながらぼやく。

「ファナのお母さんを？」

「あぁ。魔興祭で優勝したから、ルゥは村を出てしまうと伝えたのに、〝見送りはカムイ爺に任せた〟だとさ」

「は、ははは……ルナさんらしいや」

小さく笑う僕を、ライムは不思議そうに見上げてくる。

ファナのお母さんのルナ・リズベルさんは、カムイおじさんと同じくらいお世話になった、大切な人だ。

いつもお気楽で、元気いっぱいで、男勝りだけどとても綺麗で優しい人。

そういえば結局、ルナさんにライムを紹介できなかったな。

魔興祭特訓期間中に何度か家を訪ねてみたのだが、いつも留守だった。もし今家にいるなら、挨拶してこようかな。

でも、感極まって泣いてしまうかもしれない。

などと考えていると、カムイおじさんがぼそっと呟いた。

「見送りに行かないお詫びに〝ファナを嫁にやる〟と言っとったが、何を考えているのやら」

「え、ええ!? それは絶対に嘘でしょ！」

てか、そんなこと言われても困るよ！

カムイおじさんのジョーク、もしくはルナさんの悪ふざけであってほしい……

でもまあ、ルナさんとのお別れはこれでいいのかな。改まって挨拶するのも気恥ずかしいから。

それになんだか最近は避けられている気がするので、向こうが会いたくないのであれば、無理に会う必要はない。

もしかしたらルナさんは、僕が魔興祭で勝って村を出ると予感していて、僕と会うと寂しくなって泣いてしまうから避けていた……なんて、考えすぎかな。

今度パルナ村に帰ってくるときは、お土産をたくさん買ってこよう。

「で、本当にもう行ってしまうのか、ルゥ？」

「うん、もう決めたことだし。お見送りありがとう、カムイおじさん」

「……そうか」

これ以上引き留めても無駄だと悟ったのか、カムイおじさんは諦めた様子で目を伏せた。

なんだかしんみりしてしまったので、気分を変えるためにも最後に一つだけ聞いてみよう。

「あっ、そうだ。ねえカムイおじさん、僕、ずっと気になってることがあるんだけど」

「んっ、なんじゃ？」

「カムイおじさんの従魔って、いないの？」

前から抱いていた単純な疑問として聞いたのだが、こうして口にすると妙な引っ掛かりを覚えた。

「あっ、いや、言いたくなかったら、別にいいんだけど……」

遅まきながら、まずかったと気付き、慌ててそう付け足すが、もう遅い。

さすがにこれは不躾だった。

もしかするとこの質問は、おじさんに嫌な出来事を思い起こさせてしまうかもしれないからだ。

従魔も人と同じように、いつかは死んでしまう。

野生のモンスターとの戦いに敗れたとき、病に侵されたとき、不慮の事故に遭ったとき。

あるいは、主人が死んだとき。

召喚の儀で女神様から授かった従魔は、主人が息を引き取ると、やがて死んでしまう。

……いや、死ぬという表現は正しくない。役目を終える、と言った方が的確だ。

従魔として主人に最後まで寄り添って、そして役目を終えたら消えてしまう。

寿命でこの世を去る主人について行けたのだとしたら、それが従魔にとっても最高の終わり方だと、テイマーたちは語る。

中には、主人の死について行けずにこの世に未練を残した従魔が、野生のモンスターの正体なのだと語る者までいる。真相は定かではないけど。

野生のモンスターについての一番有力な噂は、従魔を授けてくれる良い女神様の他に、地上に狂暴（きょうぼう）なモンスターを送る悪い女神様がいるというものだが、僕たちに真実は確かめようがない。

ともあれ、カムイおじさんの場合は主人の寿命で――という可能性は絶対にない。

だから僕は、いけないことを聞いてしまったんじゃないかと思って、おろおろと目を泳がせた。

しかし……

「そんな心配せんでもよいわ。ワシは元々、召喚の儀を受けたことがないんじゃから」

「えっ、そうなの？」

どの予想とも違った返答に、僕は内心ホッとする。

そして首を傾げる僕に、カムイおじさんは詳（くわ）しいことを教えてくれた。

「人々が女神様から従魔を授かる儀式が広まったのは、ワシがちょうど二十歳の頃じゃった。その前からも召喚の儀は普通に行われていたんじゃが、この辺境の田舎村で爆発的に流行ったのはそのくらいの頃じゃったな」

「へ、へぇ……」

召喚の儀がこの村に溶け込んだのは、結構最近のことだったんだ。

今では十五歳になった人のほとんどが召喚の儀を受けるけど、昔はもっと少なかったのかな。

「で、皆が自分の従魔を手に入れる中、ワシだけはその儀式を受けんかった」

「……なんで？」

これまた変なことを聞いてしまったかと思ったが、カムイおじさんは大して気にした様子もなく、長い顎髭を撫でながら続けた。

「そりゃ、単に恥ずかしかったんじゃよ。その頃、召喚の儀を受けていたのは十代の連中ばかりじゃったからなぁ。そいつらと一緒に並んで儀式を受けるのはなぁ……」

そしてカムイおじさんは、にっと愉快(ゆかい)そうに白い歯を見せた。

「ま、その頃のワシは、周りの連中が従魔を従えていても、自分だけはそんなのなくても生きていける！　と思っとった。自信過剰でひねくれ者の、リンドみたいな奴じゃったし」

「は、ははは……」

リンド君とあんな勝負をした後では……笑えない。

「まあこの通り、よぼよぼになってもまだ二本の脚でしっかり立てておるし、儀式を受けようが受けまいが、関係なかったのかもしれんな」

パタパタと両足で地面を踏んで足踏(あしぶ)みしてみせるカムイおじさん。

その子供っぽい仕草に思わず頬が緩む。

すると、おじさんはニコッと笑って一歩こちらに歩み寄ってきた。

「それに……」

よぼよぼの右手を僕の頭の上に乗せ、わしゃわしゃと雑に動かす。

「従魔ならここに、可愛いのがおるじゃろうが」

思わず僕は、目を丸くして固まってしまった。

頭の上で動くシワのついた手を意識して、途端に顔が熱くなってくる。

おそらくこれが、世のおじいちゃんおばあちゃんが繰り出す〝孫大好き攻撃〟の一種だろう。

……恥ずかしい。でも、不思議と嫌な感じはしなかった。

赤くなった頬を隠すために僕は目を伏せて、しばしされるがままになっていた。

すると、足元にいる相棒と目が合う。

僕はとっさに顔を上げて、カムイおじさんの手を軽く払ってぼやく。

「僕はカムイおじさんの従魔じゃないよ。言うことも聞かないし」

「ははは！　じゃから可愛げがあるのじゃろうが」

彼は元気に笑い、そして僕の足元にいるライムも同じように撫で撫でしてから一歩下がった。

カムイおじさんは優しい笑みを浮かべて言った。

「いつでも戻ってくるといい。ワシがパルナ村を最高の村にして待っとるから」

「うん。期待してるからね」

きっとこれからおじさんは、村の掟を積極的に変えていくつもりだろう。

今回の召喚の儀と魔興祭もそのヒントになるはずだ。

新しいイベントの発案とかして、もっと若い人たちが笑顔になれるといいな。

カムイおじさんならきっと、最高の村を作ってくれるはず。

僕はそう確信して、カムイおじさんに笑顔を向けた。

「それじゃあね、カムイおじさん」

「うむ」

カムイおじさんはわざとらしく胸を張って、村長らしく頷いた。

僕はくすくすと笑いながら足元のライムを抱き上げて……パルナ村に背中を向けた。

そして歩き出す。

土の感触を味わうように、一歩一歩踏みしめながら進む。

ずっと暮らしていた村からの旅立ち。毎日顔を合わせていたカムイおじさんたちとの別れ。

ファナもこんな気持ちだったのだろうか。

村を離れて不安になったり、カムイおじさんたちとの別れで寂しくなったりしたのかな？

そして、僕のことを少しだけでも考えてくれたのかな？

まあ、考えたとしても、不満とか文句とかだろうけど。

ならせめて、僕くらいは優等生的な旅立ちを演じてみよう。

挨拶もなしに出て行ったファナとは違う。またこの村に戻ってくるのなら、村長さんにこれくらいは言っておかないとまずいし。

そう思った僕は、足を止めてカムイおじさんの方を振り返る。

「ねえ、カムイおじさん！」

「なんじゃ～！」

村の出口で二人の声が響く。

そして僕は、赤く染まる空を掴むように、手を高く上げて叫んだ。

「行ってきまーす！」

カムイおじさんの返事を待たず、僕は全力で走り出す。

きっとまた、ライムとともにこの村に帰ってくる。

村のいじめられっ子、ルゥ・シオンとしてではなく、冒険者のルゥ・シオンとして。
それまであらゆる困難や挫折を味わうと思うけど、相棒と一緒ならきっと大丈夫だ。
僕は、ライムの存在をより近くに感じられるように、優しく腕に力を込めた。
そして、まだ見ぬたくさんの人や、モンスターたちとの出会いを思い、頬を緩ませる。
ファナも歩んだだろう、始まりの道を駆けながら。

冒険者試験

1

ガラガラと木製の車輪が回る音が聞こえる。

足場は悪く、時折大きな石に車輪を取られてガタンと跳ね上がる。

不規則な揺れが、僕たちを不快な酔いに誘っていた。

幌は風でバタバタと煽られて、隙間からは肌寒い夜の風と森の香りが入り込んでくる。

魔車――それは、召喚の儀で授かった従魔が引く乗り物だ。

人を乗せて街から街への移動のために使ったり、持ち運びが大変な荷物を運搬したり。

様々な移動手段の中でも、最もポピュラーで使いやすいものだ。

僕とライムは今、その魔車に揺られている。

小高い丘になっているこの場所から見下ろすと、暗がりの中、眼下に大きな街が広がっているのがわずかに見える。

「ライム、見える？　あれがグロッソの街だよ」

「キュルキュル」

僕たちは魔車から身を乗り出して食い入るように街を眺め、感嘆のため息を漏らした。

パルナ村が五つや六つは入るだろう大規模な街。

今までに見たことがない高い建築物の数々。

夜だというのに、街は灯りに照らされて昼間のように明るい。

まだかなり距離があるにもかかわらず、街の喧騒がここまで届いていた。

これがグロッソ。

パルナ村に一番近い街だ。

初めて都会を目にした感動から、ようやく村を出たのだという実感が湧いてくる。

僕は目をキラキラと輝かせ、ライムと共にしばしその情景に浸った。

少しすると、終始鳴り響いていた車輪の音が止み、車体の揺れも収まった。

「おい坊主、送ってやれるのはここまでだ！」

僕のことを呼ぶ野太い声。

「おじさん、どうもありがとう！」

僕とライムは大きく返事をして魔車から飛び降りた。

パルナ村を出てから二日。

僕とライムは、森の中でたまたま出会った気のいいおじさんに、半ば助けてもらう形で魔車に乗せてもらった。

パルナ村の魔興祭で勝利した僕たちは、その日のうちに村を旅立った。

しかし、思ったよりも日が暮れるのが早く、闇雲に夜の森を進んだせいで僕たちは道を間違えて迷子になってしまったのだ。

心配そうなライムと途方に暮れていたところ、通りかかったのが魔車に乗ったおじさん。

彼は自分の従魔――猪型のDランクモンスター『イグノールボア』を活用して、運び屋の仕事をしているらしい。

ちょうどグロッソの街のそばを通るということだったので、僕たちをついでに乗せてくれたのだ。

そんなこんなで、僕たちはなんとかグロッソの街までやって来られたというわけだ。

少し歩いて、グロッソの街の正門前に着いた僕は、目の前に広がる都会の風景を眺めて感嘆の声を漏らした。

「うわぁ……」
四、五階建てが当たり前になっている大きな建物。
田舎村では寝静まっていてもおかしくない時間帯なのに、街はキラキラと明るく、まるでお祭りをしているかのように賑やかだ。

これがグロッソ、僕が憧れていた都会だ。

「すごいねえ、ライム」

「キュルキュル」

僕は頭の上の相棒と声を掛け合った。

早速、街の様子を一通り眺めてみる。

グロッソに来た目的は、ずばり、冒険者になるためだ。

そのためにはまず、冒険者ギルドに行かなければならない。

依頼が集まり、冒険者同士の交流ができる、冒険者にとって欠かせない場所だ。

夜中に初めて来た都会をうろうろするのはちょっと気が引けるけど、街の人に道を聞きながらなんとかしよう。

僕はその不安を拭うように、頭上のライムを撫でた。

このところライムは、僕の頭の上を気に入って定位置にしている。

どうも腕で抱えられるよりも好きみたいだ。

傍目(はため)にはちょっと面白い帽子を被(かぶ)っているように見えてしまうけど、ライムが喜んでいるのならそれでいい。

僕たちは、門番を務めている従魔——武装したスケルトンに会釈(えしゃく)して、初めて訪れる街に足を踏み入れた。

冒険者というのは、モンスター討伐を生業とする、腕利きのテイマーである。

誰でも冒険者になれるわけではなく、その職業に就くためには、月に一度行われる試験をクリアしなければならない。

冒険者ギルドで試験を申し込み、課された試練を突破した者だけが、冒険者になることができる。

試験内容はいつも同じではなく、担当する試験官によって違ってくるらしい。

頭の中でおさらいしながら、僕は冒険者ギルドを探し歩いた。

この街の近くにはパルナ村以外にもたくさんの村々があり、いずれも最近召喚の儀を執り行なったばかりだ。

たぶん、召喚の儀に合わせて試験の日取りが決められていると思うから、遅くとも一週間以内には試験があるだろうと予想している。

最悪のパターンとしては、昨日その冒険者試験が実施されていて、また来月というパターンだけど、そうなったら、急いで他の街の冒険者ギルドに駆け込むしかない。

試験日は街によって違うらしいから、望みはある。

僕たちはグロッソの街のメインストリートを、あちこち見回しながら歩いていく。

やがて僕は、ドラゴンの頭部をモチーフにしたマークが描かれた吊るし看板を見つけた。

話に聞いた通りなら、これが全国共通の冒険者ギルドのマークだ。

外から見るとちょっと大きな酒場と変わらない感じだけど、ここで間違いないのかな？

僕は頭の上にライムを乗せたまま、建物の中に入る。

そこには、僕が思い描いていた通りの光景が広がっていた。

入って左手側には横一列に並んだ受付カウンター。右側には木製の大小様々な円卓を並べた酒場。正面に見える大階段の踊り場に、冒険者ギルドのマークをあしらった大旗（たいき）が飾られている。

遅い時間にもかかわらず、受付業務は続いていて、酒場では一日の仕事を終えた冒険者たちがははと笑ってジョッキを打ちつけ合っている。

さらにその傍らには彼らの従魔が控えているのだが、大半が戦闘系のモンスターで、さながら凶悪な魔物たちの住処（すみか）のようでもある。

これが冒険者ギルド。僕が憧れた英雄たちの拠点（きょてん）。

冒険譚で読んだ通りだ。

僕は武者震いしながら、キラキラと目を輝かせる。

絶対に冒険者になってやる。ライムと一緒にここに仲間入りしてやる。

そう意気込んで、左側の受付の方へ歩いていった。

さすがに初旅の後でクタクタだけど、とりあえず試験の日程だけでも聞いておこう。

宿を探すのはその後だ。

目の前には、夢にまで見たギルドの受付。

麗しい制服姿の女性に少し照れながら、僕は声をかけた。

「あの、すみません」

「はい、何かご用ですか？」

爽やかな笑顔で受付さんが応えてくれる。

僕は緊張に声を震わせながらも、単刀直入に聞いた。

「冒険者試験を受けたいんですけど、いつですか？」

バクバクと心臓が高鳴る中、僕は受付さんの答えを待つ。

「明日ですよ」

「あ、明日⁉」

まるで予想していなかった返答に、僕の声は上ずってしまった。

明日？

明日、この場所で冒険者試験が行われて、それに合格できたら冒険者になれるってこと？

明日、僕が冒険者に？

混乱する頭でどうにか考えた。

それにしても、急な話だ。

「あのぉ、お客様？」

「えっ……」

気がつけば、受付のお姉さんが身を乗り出して僕の目を覗き込んでいた。

思わず後ずさってしまいそうになるが、なんとか堪えて、わざとらしく咳払いする。

彼女は僕の意識が戻ったことを確認すると、カウンターの裏から一枚の紙を取り出した。

「もし試験をお受けになるのでしたら、こちらに名前の記入をお願いします。注意事項はよく読んでくださいね。それと、締め切りは本日中ですので」

「は、はい」

僕は慌てて紙の注意事項に目を通す。

流し読みした後、おぼつかない手つきで名前を書いて、紙を受付のお姉さんに返した。

「ルゥ・シオン様。ご登録ありがとうございます。試験内容と試験官は、明日の正午、この場所で発表になります。頑張ってくださいね」

そう言ってとびきりの笑顔を見せてくれた受付さんに、僕はただ曖昧に頷くことしかできなかった。

あれよあれよという間に冒険者試験の参加を申し込んだ僕は、ギルドを後にした。

次は予定通り、宿屋の確保へと向かう。

正直、あまりに突然すぎて、ギルドを出るまで何が起こったのか分からなかったなぁ。

いまだに理解が追いつかずに、意識がぼんやりとしている。

もちろん、試験が早いに越したことはない。

上手くいけば明日中に冒険者になれるし、おそらく試験を受けずに推薦（すいせん）で入ったファナにもすぐに追いつけるから。

けれど問題もある。

それは試験のための準備がほとんど何もできないということだ。

近くの草原でライムを強くすることも、魔興祭のときのように何かルールの穴を見つけて対策することも難しい。

ぶっつけ本番で当たるしかないかも。

まあ、もし不合格になっても、また一ヵ月後に試験を受けられるんだから、そんなに気（き）負（お）っても仕方ないか。

逆に、あと一日でも遅れていたらこのチャンスはなかったわけだし、魔車のおじさんとイグノールボアに感謝しないと。

気持ちを新たにし、僕はライムを連れてできるだけ安い宿屋を探す。

そしてギルドから少々離れたところに簡素な宿を発見し、部屋を借りた。

所持金が心許ないから、明日の試験に合格できなかったら、ここら辺で何か仕事を見つけないとなぁ。

お財布の軽さに涙目になりながら、僕たちは宿屋のベッドに横になった。

久々に寝そべったベッドは、お世辞にも良い物とは言えなかったけど、それでも初旅で疲れた僕たちを十分に癒やしてくれた。

＊＊＊＊＊＊

翌日。冒険者試験を控えたギルドの受付前は、昨夜よりも一層騒がしくなっていた。

「冒険者試験をお受けになる人たちは、ギルド受付前に集まってくださーい！」

おそらく二百人近くはいるだろう人混みに、受付さんの声が響く。

今この場所に集まっている全員が、試験参加者だと思われる。

そんな中僕は、ライムを頭の上に乗っけたまま、為す術なく人波に揉まれていた。

ろくに身動きが取れない。

まさか冒険者になりたい人がこんなにいるとは思わなかった。

たぶんこの多くは、近隣の街や村で召喚の儀を受けたばかりの新成人たちだろう。

「今月は予想以上の人数が集まったな」

がやがやと試験参加者たちが騒ぐ中、受付カウンターの前から、先程とは別の凛とした女性の声が聞こえてきた。

皆はすぐに口を閉じて、そちらに視線を移す。

そこには、他の受付の女性たちと同じ、ギルドの制服に身を包んだ、赤い長髪の綺麗なお姉さんが立っていた。

整った顔立ちに、髪色と同じ真っ赤な瞳。手足は長く、すらっとしているが、女性らしい部分はしっかりと強調されている。

資料を手に背筋をぴしっと伸ばした立ち姿はとても様になっていて、強気な印象の顔立ちから、僕は女騎士を連想した。

彼女は僕たち参加者を見回すと、先ほどよりも引き締まった声で自己紹介をしてくれた。

「シャルム・グリューエンだ。私が今回の冒険者試験を担当する。よろしく頼む」

ところが、それを聞いた周りの参加者たちは、ひそひそと不平を漏らした。

「うわっ、最悪」

「鬼のシャルムかよ」

「今月もダメかもなぁ」

どうも周りの話を聞く限り、あの試験官さんは人気がないらしい。

ただの綺麗なお姉さんで、男性冒険者諸君には好まれそうな見た目なのだが、何が不満なのだろう。

そう思って彼女の自己紹介の続きに耳を傾けていると、すぐにその理由がハッキリした。

「試験を担当するのはこれで七回目だ。ちなみに、私が受け持った月は、合格者が一桁に減る。全員、心してかかるように」

それを聞いて、僕は思わず唸ってしまった。

合格者がたった一桁……つまり、この二百人近い参加者たちの中でも、ほんの一握りしか合格できないということだ。

試験官次第で内容が変わるとは聞いていたけど、想像していた以上に影響が大きいみたいだ。そして、よりによって一番悪いときにあたってしまったらしい……

「では、試験内容を発表する」

壇上のシャルム試験官が声を張り上げると、参加者たちは神妙に耳を澄ました。

「今回の課題は、グロッソの東にある森で、二つのアイテムを取ってくることだ。一つは森の奥に咲くと言われているフェイトの花。実物は試験開始直前に見せる。もう一つは、Dランクモンスター『マッドウルフ』の魔石だ」

「……魔石？」

思わず僕は疑問を口にしてしまう。

ただ森にアイテム採取をしに行くのかと思ったら、どうやらそれだけではないようだ。

「皆分かっているとは思うが、魔石はモンスターを倒さなければ手に入らない。これはモンスター討伐の試験も兼ねている。別の手段で手に入れてきても構わないが、この街の店で買えるとは思うなよ。フェイトの花も同様だ。制限時間は二時間。それまでに二つのアイテムを持ってきた者を合格とする」

シャルム試験官はそう言って口を閉ざす。

しばし沈黙が続いた後、次第に参加者たちの間にざわめきが広がっていく。

周りからは〝マッドウルフかよ〟とか〝フェイトの花なんて知らねえよ〟などの声が聞こえてくる。

僕もマッドウルフがどういうモンスターなのか知らないし、東の森がどんなところかさっぱり分からない。

フェイトの花を探そうにも、つい最近森で迷子になったばかりの僕としては、この試験に嫌な予感しかしない。

一体どうすればこの試験を突破できるだろうか。

絶望的な気持ちでため息を吐いていると、赤い髪の試験官さんが、思い出したように口を開いた。

「あぁ、あとそれから、試験を受けている者同士でなら、手を組んでくれて構わんぞ。試験はただ、二つのアイテムを持ってくるだけだからな。それに冒険者にパーティー行動は必須と言える。これを機に、メンバー探しでもしたらいい」

その言葉を聞いて、僕は一筋の光明を見出した。

パーティー。

それは冒険者にとって絶対に欠かせないもの。

召喚の儀で授かる従魔とは、また違った形の信頼関係。

共に強敵を打ち倒したり、困ったときに助け合ったり、時には同じテーブルでご飯を食べてふざけあったりもする。

命を預けられる大切な仲間たちのことだ。

冒険譚にも描かれる彼らに、僕はちょっとした憧れを持っている。

僕も冒険者になったらパーティーを結成してみたいと思っていた。

だからこの場でメンバー探しをするのは悪くない。

それに、ちょうど困っていたところだ。

この街や東の森について詳しい人、もしくは単純に強い人と組めれば、この試験をクリアできる可能性が高くなる。

一緒に合格した流れで、そのままパーティー結成なんてことも……

都合のいい妄想に期待を膨らませていると、再びシャルム試験官の凛とした声が響いた。

「それでは、二十分後に街の正門に集合だ。遅れたら即失格とする」

そう言い終えると、シャルム試験官は受付の奥に引っ込んでしまった。

しばしギルド内は緊張感に包まれて静まりかえったが、すぐに皆我に返って動き出した。

隣の酒場に集まって、短い時間の中でどうにかパーティーメンバーを見つけようと、あちこちで話し合いが始まる。

僕もその流れに乗って酒場の中央で辺りを見回した。

すでに周囲ではいくつかのパーティーが完成している。

僕も急がないと。

しかし、僕は所詮、田舎村から出てきたばかりの小僧。

武器や防具、冒険に必要な装備類はろくに揃っていない。見た目からして周りの洗練された格好の若者たちから明らかに浮いていた。

彼らに僕から声を掛けるのは、かなり難易度が高い。

そんな葛藤と戦っている間にも、どんどんパーティーは組まれていく。

もうライムと二人っきりで行くしか……そう諦めかけたとき、酒場の隅の方に固まっている男子三人組を見つけた。

見たところ、僕よりほんの少し歳は上。服装も僕と似たり寄ったりの三人で、おそらくこの近くの村出身と思われる。

行くならもうあそこしかない。

僕は意を決して、彼らのもとに歩み寄って声を掛けた。

「あの、すみません」

「んっ、どうした？」

三人組のうちの一人――話しぶりからするとたぶんリーダー――が、親しみやすい口調で返事をしてくれた。

僕はさっそく彼にパーティー加入の相談をする。

「え、えっと……僕たちも、パーティーに入れてくれませんか？」

それを聞いた男は、目を丸くして固まる。

あまりいい感触とは言えない。

やっぱりダメかも……そう思ったのだが、彼はにこっと笑って頷いた。

「おう、いいぜ」

「……あ、ありがとうございます！」

てっきり断られるかと思っていた僕は、大きな声でお礼を口にする。

ぺこぺこと頭を下げると、男はそれを苦笑しながら止めようとした。

僕と似た雰囲気の若者に声を掛けたのが正解だったのだろうか。

なんにしても、これでとりあえずはパーティーに加入できた。

冒険者試験の突破が一歩近づいた。

喜びに拳をぎゅっと握りしめていると、不意に男が聞いてきた。

「んで、お前さんの従魔は？」

「あっ……」

肝心なことを忘れていた。

パーティーへの加入には、連れている従魔こそ重要な判断材料になる。

話しかけやすさとか出身地とか、本当にどうでもいいことを考えていたと反省しつつ、僕は頭の上に手を伸ばす。

しかしそこには誰もいなく、ライムはいつの間にか足元に控えていた。

「えっと……この子です」

その相棒を抱き上げて、見せるようにずいっと前に突きだす。それに合わせてライムは、〝キュル〟と控えめに鳴いて挨拶した。

それを目の当たりにした男子三人組は唖然とした様子で口を大きく開ける。

リーダーさんは苦笑いしながら再度聞いてきた。

「えっと……それが、お前の従魔？」

「は、はい！」

僕は少し緊張しながらそう答える。

やはり従魔は先に紹介しておくんだった。

スライムは最弱と言われているモンスターで、戦いには不向きだ。
それに有用なスキルを使えるわけじゃないから、そもそもパーティー加入が難しい。
ライムは他のスライムとは違うけど、そんなこと彼らには分からないし。
親切心だけで僕を入れてしまったから、困っているに違いない。
リーダーの男はさっきまでと変わらぬ優しい笑みを浮かべてライムの頭に手を乗せる。
「そっかそっか」
彼はこくこくと頷いて、水色の頭をわしわしと撫でてくれた。
思わず僕はほっと胸を撫で下ろす。
僕の従魔がスライムだと知ったら、パーティー加入を断られると思っていたから。
でも、そんな心配はいらなかったみたいだ。
本当にこの人たちに声を掛けて良かったと、安堵に目を閉じたそのとき……
耳元で、低い声が聞こえた。
「失せろよ、雑魚が」
見ると、目の前には、リーダーの男の顔があった。
先ほどの笑みが嘘だったかのように鋭く目を細めて、間近から僕を睨みつけている。
今の低い声も、この人のものだったのだろうか。
そんな僕の疑問に、答えを示す言葉が割り込んできた。

「従魔がスライムで冒険者になりてえだ？　身の程をわきまえろ」

力強く胸ぐらを掴まれて、足元が浮く。

何が起きているのか分からないまま地面に叩きつけられ、気付いた時には先ほどの優しい三人組の姿はなくなっていた。

代わりに目の前に立っているのは、僕のことをバカにしたように見下ろしながら嘲笑（ちょうしょう）を浮かべる、うす気味悪い三人組。

僕はただ呆然と彼らを見上げる。

彼らは僕たちのことを、パーティーメンバーとして迎え入れてくれたんじゃないのか？

いや、違う。

本当はただ、優秀な人材が欲しかっただけで、従魔が最弱のFランクモンスターだと分かった途端、手の平を返したんだ。

雑魚だから、身の程を知らないから、スライムだから。

僕たちは、拒絶された。

ようやくそこまで考えが至った僕は、目を伏せてそそくさと立ち上がる。

周囲の人たちはこのやり取りなどまったく気にかけていないらしく、僕たちのことは見向きもしていない。

ただクスクスと、三人組の嫌な笑い声が聞こえてくるだけだ。

僕は彼らと目を合わせないように背中を向け、腕の中にいるライムに微笑んで言った。

「行こ、ライム」

「……キュルゥ」

心配そうな顔でこちらを見上げるライムに笑みを向けると、僕は歩き出した。

重い足を引きずるように。彼らの嘲笑に背中を押されるように。

まるで逃げ出すみたいに。

……大丈夫。

こうなることは、分かっていた。

スライムが最弱のモンスターで、良く思われていないことくらい知っている。

ライムが本当はすごい奴なんだってことは、僕一人だけが理解していればいい。

それに、こんなの僕には日常茶飯事だ。

リンド君たちの意地悪に比べれば、大したことはない。

むしろ、こういう人たちの方がやりやすい。

だから大丈夫。

僕たちは二人でも、大丈夫。

パーティーなんか、いらない。

色々な言い訳を自分に言い聞かせ、なんとか泣き出しそうな気持ちをごまかしていると、そんな中……

「あっ、あの！」

不意に後ろから遠慮がちな女の子の声が聞こえてきた。

思わず僕は潤んだ瞳を隠すことも忘れて振り向く。

そこには、恥ずかしそうに少し頬を赤く染め、ピンク色の何かを腕に抱えた、黒髪おさげの女の子が立っていた。

「わ、私たちと……パーティーを組んでください！」

再び響いた幼い声は震えていて、こちらにまで緊張が伝わってくるほど。

突然のことで驚いた僕は、呆然と彼女を見つめて立ち尽くしてしまう。

なんでいきなり僕に？

ていうか、パーティーを組みたい？

聞き間違いじゃないだろうか？

僕は、今まさに他のパーティーからいらない子扱いをされたばかりの、最弱のスライムテイマーなのに。

それよりも、この子は一体誰だろう？

一見すると年下にも思えるけど……冒険者試験を受けようというなら自分の従魔を持っているはずだから、少なくとも同い年。

そうとは思えない幼い顔立ちで、黒くて大きなつぶらな瞳、両肩から垂れ下がる黒髪おさげも相まって、おとなしめな印象を受ける。

それでいて先ほどの試験官に負けないくらいの、女性らしい体つき。

僕たちと同じような簡単な布装備の上に、マントを羽織るという地味な格好をしているが、それがどうでもよくなるくらいの攻撃力だ。

……って、そんなことよりも！

僕は今さらながら自分が涙目で情けない顔をしていることに気付き、慌てて視線を逸らす。

腕でごしごしと目を擦り、なんとか平静を装って向き直った。

まだ目が赤いだろうなぁ、なんて思いつつ、先ほどの反省を活かして理由を聞く。

「な、なんで、僕たちと？」

この問いには、僕は最弱のスライムテイマーなのに、という意味が含まれている。

彼女はすでに僕の従魔がスライムだということを分かっているはずだ。

「え、えっと……」

少女はもじもじ身をよじり、目を伏せてしまう。相当な恥ずかしがり屋さんなのだろうか？

小首を傾げて見守っていると、彼女はようやく意を決したように顔を上げた。

そしてずっと腕に抱えていたピンク色の何かを突き出して言う。

「わ、私の従魔……この子なんです！」

その声に合わせて、両手の上のピンクの塊は……

「ミュウ！」

と、こちらを振り向いて可愛らしい声で鳴いた。

それを見た僕はきょとんと目を丸くする。

まさか腕に抱えていたピンクの塊が従魔だったなんて。

色は違うけれど、このぷるぷるとした丸い体と、くりっと可愛らしい瞳には見覚えがある。ていうか、召喚の儀を受けてから毎日見ている。

僕は信じられないとばかりに聞いた。

「そ、それって……スライム？」

「は、はい！」

黒髪おさげの少女――もとい、僕と同じスライムテイマーの女の子は、初めて可愛らしい笑顔を見せてくれた。

僕以外にスライムテイマーの子が試験を受けているなんて驚いた。

従魔がスライムにもかかわらず冒険者になろうだなんて、この子もなかなか強気だ。

人のことを言えない僕は、彼女の正体が知れたと同時に、声を掛けてきた理由について

も悟った。

「えっと、もしかして、僕に声を掛けてきたのって、同じスライムテイマーだからパーティーが組めるかもって、そう思ったわけ？」

「ま、まあ、それもありますね」

彼女は相変わらず頬を赤く染めながら、恥ずかしそうに照れ笑いを浮かべる。

同じスライムテイマーならパーティーが組めるかも、と思う気持ちは理解できる。

僕も自分と同じような村の出身者を狙って声を掛けたのだから。

しかしそれなら、一つ疑問に思うことがある。

彼女は僕と違って、問題なく他の人とパーティーを組めたはずだ。

なぜなら……

「でも、君のスライムって……」

僕がそう口にしかけると、彼女はこちらが言いたいことを察して続けた。

「あっ……わ、分かりましたか？　実はこの子、普通のスライムじゃなくて、『ハピネススライム』っていう種族なんです」

その証拠を示すように、彼女はピンク色のスライムの側頭部を見せる。

そこには、体から直接生えたように、真っ赤なリボンが付いていた。

他のスライムとは違った、可愛らしい特徴の一つだ。

ハピネススライム。

普通のスライムとは違って、回復・支援系の魔法が得意で、魔力がかなり高かったはず。

ただでさえ回復魔法と支援魔法を使えるモンスターが少ない中、そのどちらも使えるという珍しさから、確かランクはC。

一般的なスライムとは別種として扱われている。

だから僕は不思議に思った。

どうしてそのハピネススライムの主人が、他の人とパーティーを組まず、わざわざ僕に声を掛けてきたのか。

「普通のスライムじゃなくて、ハピネススライムなら、他のパーティーでも入れたんじゃないのかな？」

僕は抱いた疑問をそのまま口にする。

同じスライムテイマーだからといって、僕と彼女では、その意味が大きく違ってきてしまう。

むしろ彼女の従魔は、パーティーに必要な力を持っている。

そういう意味で聞いたのだが、まるで予想と違った答えが、苦笑とともに返ってきた。

「なんか皆さん、仲良し同士で集まっているみたいで、全部断られてしまいました」

「……そ、それは」

運が悪かったね、というのは無神経な気がしたのでやめておいた。

どうもこの場所でパーティーを組んだ参加者たちは、大半が知人や顔見知り同士のようだ。そのせいで、パーティー加入を断られ続けたこの少女は、たった一人で泣きそうになっている同じスライムテイマーの僕になら、断られないんじゃないかと——そう思って話しかけてきたわけだ。

そこまで分かってもなお、僕は首を横に振った。

「あの、パーティーの誘いは本当に嬉しいんだけど、君は僕と組まない方がいい」

「えっ⁉ な、なんでですか⁉」

今度は逆に、彼女が泣き出しそうになる。

何回もパーティー加入を断られている彼女には悪いけど、むしろこれは彼女のためだ。

「合格する可能性を上げるなら、他の有力なパーティーに入れてもらった方がいいよ。君と、君の従魔のハピネススライムにはその力がある。無理に僕たちと組むより、何回断られても、強いパーティーに声を掛けた方が君のためだ」

たぶんこの黒髪おさげのスライムテイマーは、自分たちの価値を正しく判断できていない。

たまたま今まで声を掛けたのが仲良し組だったみたいだけど、パーティーにおいて支援系のモンスターがどれだけ重要か理解している人たちはいるはずだ。

たとえば——大変不本意だが——さっきの男子三人組のところとか。

それでなくとも、僕と同じように一人でいる参加者に声を掛けてパーティーを組んだ方が合格率は上がる。

見たところ、他の参加者たちの従魔は最低でもDランク以上のモンスターばかりだったから……

意図が伝わったのかどうか表情を窺ってみると、黒髪おさげの少女は、目を丸くして呆然と固まっていた。

そして腕の中の相棒にすがるように背中を丸めて、小さく呟く。

「それでも……私は……」

その瞬間、僕の後ろから騒がしい声が聞こえてきた。

「おい、そろそろ行かねえとまずいぞ！」

「急げ急げ！」

反射的に声のした方を見ると、慌てて酒場から出て行く参加者パーティーの姿があった。

酒場全体をぐるっと見渡すと、まだ残っているのは僕たちを合わせて数人だけ。

だいぶ話し込んでしまったみたいで、集合時間まであと二分しかない。

「と、とにかく、僕たちも集合場所に急ごう！　とりあえずは仮のパーティーってことで！」

「は、はい！」

僕はやむを得ないとばかりに捲し立て、少女を連れ出す。

慌てて返事をした彼女の顔は、ほんの少しだけ、嬉しそうに見える。

僕たちは二人して冒険者ギルドから飛び出し、街の正門に続く道を駆けだした。

走っている最中、隣から先ほどの少女が息を切らしながら呼びかけてくる。

「わ、私の名前はクロリアです。クロリア・ハーツ。それで、この子はミュウ」

「ミュミュウ！」

黒髪おさげのスライムテイマー、クロリアの腕の中で、ハピネススライムのミュウが可愛らしく鳴いた。

その様子に自然と頬を緩めて、こちらも自己紹介をする。

「僕はルゥ。ルゥ・シオン。で、こいつは相棒のライム」

「キュルキュル！」

ライムは頭の上で器用に体を揺らす。

髪をもしゃもしゃされるのがなんだかくすぐったくて、僕はつい小さな笑い声を漏らした。

それに釣られてクロリアも頬を緩ませる。

僕たちは行き交う人々の間を縫うようにして、グロッソのメインストリートを駆けた。

ギルドの受付前にいた二百人近くの参加者たちは、全員グロッソの街の正門前に集まっていた。

正面には昨夜通ってきた小高い丘へと続く道が見えており、左手には試験会場となる広大な森が確認できる。

「全員フェイトの花の確認は終えたな！　それではこれより、冒険者試験を開始する！」

今回の試験を担当するシャルム・グリューエンさんの凛とした声が響き、参加者たちは口を閉じ、東の森の方を向く。

僕もごくりとつばを呑み、ちらりと隣の少女を窺った。

結局、時間も限られていて、クロリアたちを受け入れてくれそうなパーティーは見つからなかった。

当のクロリアは、相棒のハピネススライムのミュウに〝頑張りましょうね〟なんて嬉しそうに微笑みかけているけど、僕たちと組んだ時点で合格率がガクンと下がってしまったことに気付いているのだろうか。

まあ、試験に間に合っただけでも良しとするべきだろうか……。

「制限時間は二時間！　それまでに二つのアイテムを持ってきた者を合格とする！　パーティーを組んで挑む者たちはちゃんと人数分確保すること！　それでは、はじめ！」

号令が掛かると同時に、参加者たちは一斉に走り出した。

ガチャガチャと装備品や荷物がぶつかる音が鳴り、それに伴って従魔たちの行進が地面を揺らす。

運動神経が乏しい僕とクロリアは、集団の最後尾について森を目指した。

冒険者試験が今、始まる。

2

グロッソの東にある森は、鬱蒼としていて全体的に薄暗く、予想以上に広い場所だった。

中に入ってすぐに参加者たちはグループごとに散り散りになり、すでに姿は見えない。

そんな中僕たちは、そびえ立つ木々の根本や茂みの中を注意深く観察しながら、森の奥へと進んでいた。

「ありませんねぇ、フェイトの花」

隣から少女の幼い声が聞こえてくる。

僕と同じ試験参加者のクロリアが、茂みの陰を覗いて肩を落としていた。

同じく大木の根元を探していた僕は、服についた土を払いながら、辺りを見回す。

「ここら辺にもなさそうだね」

「そう……みたいですね」

「やっぱりあの試験官さんが言ってた通り、森の奥の方に行かないとないのかな」

「では、奥を目指してみますか」

ぎこちなさはまだあるけれど、僕たちはパーティーとしての仲を少しずつ深めていた。

一方、ここまでで獲得した花はゼロだ。

試験開始からすでに三十分は経っているのに、フェイトの花はおろか、魔石を持っているマッドウルフの影だって一つも見ていない。

もしや先に行った他の参加者たちが、試験アイテムを根こそぎ取得して、それで一儲けしようと考えているんじゃないかと疑いたくなる。

さすがにそれは考えすぎだとしても、ターゲットが残り少なくなると不利になるのは確かなので、今はとにかく急ぐべきだ。

手短にそんな話を伝えると、クロリアは柔らかそうな頬っぺたを緩ませて頷く。

「では、少し急ぎますか」

クロリアはそう言ったものの、その場に立ち止まったまま。

どうしたのだろう？　と首を傾げる僕の目の前で、彼女は従魔に命じる。

「ミュウ、私とルゥ君に【クイックネス】です」

「ミュウミュウ！」

リボン付きのピンク色スライムは、可愛らしい声を森に響かせると、丸い体を左右に揺らした。

すると次の瞬間、僕とクロリアの体が薄青い光に包まれる。

光はすぐに消えてしまうが、僕は自分に起きた大きな変化に気がついた。

「すごい！　体が軽くなった！」

ぴょんぴょんとその場で何度か飛び跳ねて、体の変化を味わう。

その様子を微笑ましそうに眺めていたクロリアは、口元に軽く手を当てながら説明してくれた。

「これは、支援魔法のうちの一つ、【クイックネス】。対象の素早さを一定時間上げるというものです。これで他の方たちに追いつきましょう」

僕は思わず〝ほえぇ～〟とよく分からない反応をしてしまう。

これが支援魔法。

戦闘だけでなく、日常生活や仕事にもかなり役に立つと言われている力だ。

さすがは回復・支援系魔法が得意のCランクモンスター――ハピネススライム。

これなら出遅れた分をすぐに取り戻せそうだ。

そして僕たちは互いに頷き合って、強化された脚力で森の奥へと駆け出した。

大小様々な木々の間を縫うように走りながら、フェイトの花が咲いていないか、マッドウルフが隠れていないかを確認していく。

移動力が上がっても観察力が上がっているわけではないので、見逃さないように集中する。

そうやって移動していると、不意にクロリアが声を掛けてきた。

「あの、ちょっと聞いてもいいですか？」

「……何？」

「どうして、冒険者になろうと思ったんですか？」

僕は思わず彼女の方を向いてしまう。

最初は、なんで突然そんなことを聞くのか不思議に思ったが、頭の上に乗っている相棒を意識して、彼女が抱いている疑問に納得がいった。

そりゃ、ただのスライムのテイマーが、冒険者になろうとしているなんておかしいに決まっている。その上、主人である僕は、およそモンスター討伐とは無縁に見える線の細い体つきをしているのだから。

しかし、どう答えたものか。

成り行きとはいえ、パーティーを組んでいる相手に嘘なんて吐きたくないし、かといって別に面白い理由でもないしなぁ。

しばし悩んでいると、その沈黙を躊躇いと取ってしまったのか、クロリアが申し訳なさそうに取り繕った。

「あっ、いや、突然変なこと聞いてごめんなさい。言いたくなければ、別にいいので」

「う、ううん。別に大丈夫だよ。そんな大した理由じゃないし」

軽く肩をすくめてから、僕は正直に答えた。

「えっと……元々、冒険譚に出てくる英雄に憧れてたんだ。でも、召喚の儀で授かったモンスターが最弱のFランクモンスターで、冒険者になる夢を諦めかけた。でもライムの諦めない姿を見て、僕も夢を追い続けることにした。……まあ、それだけ」

「それだけ……ですか？」

「うん」

僕は間髪を容れずに頷く。

だって、本当にそれだけだから。

昔、格好いい冒険者とその従魔に命を救われたとか、故郷の村を壊滅させた相手に復讐するために冒険者になろうとしているとか、そんな大層な理由はなくて、ただ僕は物語に出てくる英雄に憧れて、冒険者になろうと思った。

一緒にその夢を追ってくれる相棒がいたから、僕は村を出て試験までこぎ着けた。

もしライムの一押しがなかったら、僕は今、この森で花探しに躍起になっていることもなかっただろう。

クロリアが求めていた答えを返せたか不安に思いながら、横目に彼女を窺ってみる。

するとどういうことか、黒髪おさげの少女は笑っていた。

バカにしている感じではなく、どこか嬉しそうに、ともすれば納得するような様子でもある。

一体彼女はどういうつもりであんな質問をしたのか、その微笑みを見るほどに分からなくなってきた。

そして今度は逆に、僕から彼女に同じ質問をしようと考えた。

きっとその問いの答えに、微笑みの理由が隠されていると思ったから。

「ね、ねえ、クロリア……」

しかし……

「グルゥゥ」

前方から聞こえた獣の唸り声が、僕の声を遮った。

反射的に足を止めて、声のする方を警戒する。

目の前にそびえ立つ大木の後ろから、黒い毛に覆われた四足歩行の獣が現れた。

針のごとく尖った黒い毛、むき出しになっている牙、ナイフのように鋭そうな爪。

間違いない。試験開始直前に聞いた、マッドウルフの特徴と完全に一致する。

ようやく見つけた。

内心で喜ぶのと同時に、僕はミュウを抱えたクロリアより一歩前に出て身構える。

頭の上に乗っていたライムは地面に降りて、いつでも戦える状態だ。

「たぶんあれが、マッドウルフだ」

「そう……みたいですね」

「あいつを倒せば二つのアイテムのうちの一つ、マッドウルフの魔石が手に入る。僕とライムが前衛で戦うから、クロリアとミュウは後方で支援をお願い」

「は、はい。分かりました」

僕たちは事前に打ち合わせていた即席の連携で対応する。

とりあえずは、これでなんとかするしかない。

Dランクモンスターのマッドウルフの戦闘力がどれほどのものかさっぱりだけど、試験の課題になるくらいだから、とてつもなく強いってわけじゃないだろう。

ランク的に見ても、リンド君のグランドゴーレム以上ってことはない。

いつも通り僕は、まず攻撃を避けるようにライムに指示を飛ばそうとする。

だが……

「なっ……！」

驚くことに、大木の陰からさらに二匹のマッドウルフが姿を現した。

先に出てきた奴と合わせて計三匹。

てっきり単独で行動しているとばかり思っていた僕は、眼前に並んだ三匹のマッドウルフを見て固まってしまった。

その隙を突いて、奴らは先頭に立つ僕とライムに飛びかかってくる。

刃物のように鋭い爪が間近まで迫ったところで、僕は慌ててライムに叫んだ。

「ライム、【限界突破(リミットブレイク)】!」

「キュルル!」

体が赤く染まったライムは、素早く三匹に体当たりをかました。

マッドウルフを吹き飛ばし、空中でくるりと一回転して綺麗に着地を決める。

それを見ていたクロリアが後ろから驚きの声を上げた。

そういえばまだ、ライムの持っているスキルを彼女に教えていなかった。

パーティーを組んだ相手に対して情報共有しておくべきだったのに、すっかり忘れていた。

『グルゥゥゥ』

しかし、今さらそんな話をしている暇(ひま)はない。

立ち上がった三匹のマッドウルフを前に、僕はこのまま戦闘の続行を決意する。

再び牙や爪を立てて飛びついてくる狼たちを見て、口早にライムに命令した。

「ライム、マッドウルフに体当たり！」

「キュルル！」

ライムは一つ鳴いて返事をし、三匹の狼たちに向かっていく。右から迫っていたマッドウルフを体当たりで弾き飛ばし、その反動を利用して真ん中の一匹に飛びつく。同じようにしてそいつも弾き飛ばすと、一度地面に着地してから左の狼を攻撃した。

しかし最後の一匹はライムのこの攻撃を寸前で躱し、素早く後ろに下がる。

さすがはDランクモンスター、パルナ村の近くの森で戦ったゴブリンたちとは大違いだ。

それに、やっぱり獣型モンスターは速い。

【限界突破(リミットブレイク)】中のライムの攻撃を避けるなんて。

一匹ずつだったらなんとか倒せていただろうけど、三匹同時に相手するとなるときつい。

密かに歯噛みしていると、ライムが弾き飛ばした二匹が再び起き上がった。

そして今度はライムではなく、僕を狙って牙を向けてくる。

僕は反射的に、お守り代わりに持ってきた木剣に手を掛けるが、すぐにライムが割り込んで攻撃を止めてくれた。

その後、体当たりしては避けられ、命中しても起き上がられ、という展開が続く。

僕はその様子を歯がゆい思いで傍(はた)から見ながら、必死に敵の弱点を探した。

しかし、どこにも活路が見出(みいだ)せない。

数が多いというだけでここまで脅威（きょうい）になるとは思っていなかった。

これはもう、ライムの体力消耗を覚悟で、あの〝必殺技〟をやるしかないのか？　と考えたところで、突然後ろからクロリアの声が響いた。

「ミュウ、ライムちゃんに【ブレイブハート】と【クイックネス】です」

「ミュミュウ！」

前方で戦っているライムの体が、薄い赤、薄い青という順番に光った。

すると、今まで若干押され気味だったライムの動きが急に良くなり、攻撃に転じる。

【クイックネス】はすでに体感済みなので、素早さ上昇の支援魔法だと分かる。おそらく、【ブレイブハート】もその一種だろう。

【限界突破（リミットブレイク）】に加えて二つの支援魔法を同時に得たライムは、三匹のマッドウルフに対して形勢を逆転しはじめる。

避けられていた体当たりを直撃させたり、たまに掠めていた三匹の攻撃を難なく躱したり。今までとはまるで動きが違っている。

そしてついに、黒狼のうちの一匹を体当たりで倒した。

後には透き通った黒色の結晶が残るのみ。あれが今回の試験アイテムの一つ、マッドウルフの魔石だ。

仲間がやられたことに驚いて残りの二匹が硬直している隙に、ライムはもう一匹も強化された体当たりで吹き飛ばした。

残すは一匹。

そのまま押し切っちゃえ！　と思ったのも束の間、ライムが次の体当たりを繰り出すのに合わせて、マッドウルフが不思議な行動に出た。

大きく息を吸い込み、そのままギリギリまでライムを引きつける。

そして――

「グルァァァァ‼」

マッドウルフは森全体を振るわせるほどの遠吠え（とおぼえ）を放った。

びりびりと空気が振動しているのを感じる。

あまりの轟音に、僕は数瞬の間、完全に動きを止めてしまった。

それを間近で食らったライムは、さらに強く影響を受けたようだ。

これは、獣型モンスター特有のスキル――【威嚇（ハウル）】。詳しいことは知らないけど、相手の動きを一瞬止めることができる技だったはず。

そう思い出している間に、硬直中の僕たちめがけてマッドウルフが駆け出した。

しかし……マッドウルフは目の前のライムの脇（わき）をすり抜け、さらに棒立ち（ぼうだ）している僕まで無視して素通りする。

「なっ……⁉」

奴はその後ろ――後方で支援していたクロリアとミュウのもとに走っていった。

体が動かない僕は、視線だけで奴を追う。

迂闊だった。

奴が意識しているかどうかはともかく、回復・支援係を最初に倒すのは戦いの定石だ。

そして、仕掛けるタイミングは絶妙。

僕たち同様、【威嚇】によって動きを止めたクロリアたちに、マッドウルフの牙が迫る。

――イチかバチか！

「ラ、ライム、【分裂】だ！」

僕はなんとか声をしぼり出した。

「キュル……ル」

ライムは顔をしかめながらも応えてくれた。

ぐぐっと体を丸めて、そこから弾かれるように、もう一匹のライムが飛び出した。

【威嚇】で動きを止められていても、【分裂】のようなスキルならば使えるみたいだ。それに、分裂前のライムが【威嚇】を食らっていても、分裂ライムにまでは影響を及ぼさないらしい。

その勢いのまま、分裂ライムはマッドウルフを追う。

だが所詮は力を半分にした偽者。スピード型のライムでも、簡単には追いつけない。

マッドウルフはついにクロリアとミュウを正面に捉え、地面に爪を立てて跳躍（ちょうやく）の力を溜めた。

その一瞬の隙を突いて、マッドウルフの背中を、分裂ライムが捉えた。

僕は口早に分裂ライムに叫ぶ。

「分裂ライム、【自爆遊戯（デッドリーボム）】！」

「キュルル！」

黒狼の背中に貼り付いた分裂ライムが、光を放って爆発。その衝撃で近くの大木に激突し、マッドウルフは光の粒に変わった。

爆風を受けたクロリアたちは、小さく悲鳴を上げて尻餅をついたが、怪我はなさそうだ。

黒煙が舞う中、僕は硬直から解放され、思い出したように息をする。

危なかった。あと少しでも遅ければ、クロリアたちがやられていた。

僕は地面に転がる黒い結晶を確認し、ようやく勝利を確信するとともに、油断から招いてしまった今の危機を深く反省した。

僕は疲れを滲（にじ）ませるライムを頭の上に乗せ、腰を抜かしているクロリアに手を差し伸べる。

彼女もミュウを胸に抱えたまま呆然としていたが、僕の手を取って立ち上がると、思い出したように笑みを浮かべた。

「え、えっと……勝ったん、ですよね」

「うん、なんとかね」

僕が頷くと、クロリアは長々と安堵の息を吐いた。

軽くハイタッチを交わし、僕たちはささやかに勝利を喜び合う。

本当に、一時はどうなることかと思った。

今さら鳥肌が立ってきた。

いつもぎりぎりの戦いばかりだと反省していると、クロリアが〝あっ〟と声を上げた。

「そ、それにしても、ライムちゃん、色んなスキルが使えてすごいですね！」

「えっ……ま、まあ、そうかもね。でもそれを言うなら、ミュウもだよ。まさか支援魔法を二つ同時に発動できるなんて。……ていうかごめん、戦う前にライムのこと言っておくんだった」

「い、いえ、大丈夫です。こうして最後は勝てたんですから」

優しく微笑みかけてくれるクロリアを見て、僕もほっと胸を撫で下ろす。

次からはしっかりと、パーティーメンバーと情報を共有しなければ。

そして僕たちは、改めて地面に落ちているマッドウルフの魔石を拾い集めた。

「さてと、これでようやく一つ目だね」

「はい、そうですね」

手の中の黒い結晶を見つめて、本当にようやく半分だ、と嘆息した。

試験はまだ終わっていない。

あと一つ、フェイトの花を見つけなければ。

再び森の奥地を目指すべく僕が歩き出そうとすると、後ろからクロリアとミュウの声が聞こえた。

「ミュウ、ライムちゃんに【ヒール】です」

「ミュミュウ！」

見ると、頭の上に乗ったライムが薄黄色い光に包まれていた。

これは回復魔法の【ヒール】。

クロリアは同じスライムテイマーだから、ライムが【分裂】を使って体力をなくしていることに気付いていたみたいだ。

これなら【分裂】を使う度に休憩しなくて済む――と、一瞬考えてしまうが、回復魔法だって相当魔力を消費するはずなので、それを考えると無闇に多用はできないか。

「キュルキュル！」

クロリアとミュウのおかげで元気になったライムは、嬉しそうに丸い体を揺らした。

「あ、ありがとう、二人とも」

「いえ、これが私とミュウの役割ですから」

そう言い合いながら、僕たちは再び森を歩きはじめる。

これがパーティーというものなのかな。

並んで歩いて、一緒に戦って、足りないところは補い合って、目的を達成したら喜びを分かち合う。

隣を歩くクロリアをちらりと見て、僕はそんなことを思ってしまった。

そして密かに口元を緩める。

憧れていたパーティーを――あくまで仮だけど――組めて、それだけでも試験に参加した意味はあったのかもしれない。

僕は今さらながら彼女たちにお礼を言おうとした。

僕をパーティーに誘ったのはクロリアたちだけど、感謝しているのはむしろこっちの方なのだから。

しかし、僕がその言葉を口にする前に、目の前で土を踏む音が鳴った。

もしやまた何かモンスターが襲ってきたのかと思い、僕は頭の上のライムを降ろしかけた。

だが……

「えっ……？」

思わず戸惑いの声が漏れた。

なぜなら目の前にいたのは、試験開始前に僕とライムのことを拒絶し、パーティー加入を断った、あの薄気味悪い男子三人組だったからだ。

突然現れた試験参加者の男子三人組の後ろに控えるのは、彼らの従魔と思しき三匹のモンスター。

一匹は彼らの頭上でパタパタと飛び回るコウモリ型のモンスター、もう一匹は二本足で歩く毛深い狼頭の獣人型のモンスター、そして四つ足の猪型のモンスター。

彼らは、まるで僕たちの戦闘が終わるのを待っていたかのようなタイミングで登場した。

相変わらず嫌味な笑みを滲ませて、僕とライムを見てくる。

「よお、スライムテイマー」

「……」

まるでリンド君の挨拶みたいだ――と、一瞬思ってしまうが、あのツンツン金髪の少年のそれとは、別種の悪意が篭もっている声音だった。

思わず僕はマッドウルフ戦のときと同じように、クロリアたちを背後に隠す。

すると、先頭に立っていたリーダーの男が、こちらの警戒心をまるで気にする様子もなく話しかけてきた。

「ちょっとばかりさっきの戦闘を見させてもらったぜ。すげえじゃねえか、マッドウルフを三匹まとめて倒すなんて。よくそのスライムで勝てたもんだ。てか、お前のスライムは一体なんだ？　どんなスキルを使った？」

「……」

同じ冒険者試験に参加している者同士の、何気ない会話のつもりなのだろう。

だけど僕の警戒はまったく緩むことはない。

こんなタイミングで出て来たのは、僕たちの戦いを見ていたから。偶然通りかかったのかもしれないが、加勢するでも立ち去るでもなく、この場に留まって故意に覗き見していたんだ。

僕が目を細め、だんまりを続けていると、リーダーの男はつまらなそうに〝ま、いっか〟と呟く。

そしてようやく本題……というか、彼らの目的を話した。

「んじゃまあ、用件だけ伝える。今手に入れた魔石を寄越しな」

「なっ……!?」

悪意を隠す様子なんか一切なし。

この場に僕たち以外の人間がいないのをいいことに、彼らはあからさまな恐喝をしてきた。

僕は驚き、呆気にとられてしてしまう。

でもすぐに気を取り直して、震える声でなんとか一言だけ言い返した。

「じ、自分たちで、取りに行けばいいだろ」

手足まで震わせる僕に、リーダーの男は微笑みながら言った。

「いやなぁ、どうもマッドウルフは少数の群れで縄張りをつくって行動しているみたいでな、群れごとに離れて生活しているらしいんだよ。お前たちがこの辺りの奴を倒しちまったから、またこのクソ広い森の中を探し歩かなきゃならねえ。そんなの面倒くせえからよぉ、その魔石をさっさと寄越しな」

それに続き、左右の二人も同じように口を開く。

「ほら、俺たちあと魔石だけで試験クリアだからよぉ」

「お前たちから魔石もらうだけで終わりなんだよ」

くれと言われて素直に渡す奴はいない。

そう言い返してやりたかったのだが、それよりも、彼らの言葉から読み取った別の情報の方が気になった。

あと魔石だけ——ということはつまり、彼らはすでにフェイトの花を獲得したということだ。

一体どこにあったんだろう？

疑問に思う僕を嘲笑うかのように、リーダーの男は続ける。

「あっ、それともトレードにすっか？　こっちがフェイトの花を二つやるから、そっちは魔石を三つ渡すってことで」

……何を言ってるんだこの人。

「それじゃあトレードになってねえだろ」

「明らかに魔石の方がレアだろうが」

リーダーの馬鹿らしい提案に仲間の二人は愉快そうに笑う。

こちらは笑っていられる気分じゃない。

ただでさえ他の参加者たちより出遅れていて、時間を無駄にできないというのに。

そう思った僕は、後ろで不安そうにしているクロリアを連れてこの場を離れようとした。

だが……

「あぁ、そうだ……やっぱりそこの子を俺たちのパーティーにくれないか？」

「えっ……？」

そこの子、とはつまり、僕の後ろで小さくなっているこの黒髪おさげの少女のことだろうか。

クロリアを彼らのパーティーに？

「いやぁ、そのピンク色のスライム、ハピネススライム……だっけ？　回復と支援魔法、めちゃくちゃ便利だな。きっとこれから役に立つと思うんだよ。だからよぉ、もしそのハピネススライムとテイマーちゃんを譲（ゆず）ってくれたら、代わりにフェイトの花を一つやるよ。

魔石もお前の分を残して二つだけでいい。……うん、魔石三つより絶対にそっちの方がいいわ」

一人で勝手に納得して、長身の青年はうんうんと頷く。

そんな彼の言動に僕は思わず唖然とし、後ろにいるクロリアはさらに縮こまってしまった。

つまり、クロリアとミュウを差し出せば、お前はフェイトの花一つと手元の魔石一つで試験に合格できるんだぞ、ということだ。

自分達全員の合格確定を棒に振ってもいいとは……そこまでクロリアたちの能力は大きく買われているのか。

「んで、どうする？」

終始嫌な笑みを浮かべ続ける青年は、俯き加減だった僕の顔を覗き込んで聞いてくる。

もしこの取引に応じれば、その時点で僕は冒険者試験に合格できる。

長く掛かると思っていたフェイトの花探しをしなくても、今すぐにこの森を出れば、ずっと憧れてきた冒険者になれるんだ。でも……

僕は後ろで不安そうにしているクロリアを意識しながら、独り言のように呟いた。

「……ふざけるな」

「はぁ？」

それを聞き、男は〝今なんて言った？〟と首を傾げる。

僕は鋭い視線を返して続きを口にした。

「ふざけるなって、言ったんだ。あんたたちからもらう物は何もないし、こっちから渡す物もない。魔石がほしいなら自分たちで取りに行け。クロリアたちをパーティーに入れたいなら、こんなやり方じゃなくて、正々堂々と勧誘しろ」

僕の後ろでクロリアが息を呑むのが分かった。

僕にしては珍しく強気な物言いだった。

自分でもなんでこんなに怒っているのか、不思議なくらいだ。

リーダーの男は自分が持ちかけた美味しい提案を一蹴されて目を丸くしている。

やがて青年はくすくすと小さな笑い声を漏らした。

「そっかそっか」

それから、試験開始前にライムの頭を撫でたときと同じ、とってつけたような微笑みを浮かべる。

最初は優しく接して、相手が自分の意に沿わないと分かるや否や、見事に手の平を返してみせた。

こんな具合に――

「んじゃあ強引に奪うけど、それでいいのな？」

耳元で低い声が聞こえた。

同時に、目に見えそうなくらい強い殺気が、僕の全身を包み込んだ。

この場の空気が一瞬にして変わってしまった。

「試験官はただ、二種類のアイテムを持ってこいと言っただけだ。獲得方法までは限定してねえ。つまり、どうやって手に入れても構わないってことだ」

それを聞いた僕は、クロリアたちを下がらせながら頭上のライムを地面に降ろして完全な戦闘態勢に入った。

やっぱりこの人たちは、最初からこうするつもりだったんだ。

マッドウルフたちと戦っている僕たちの様子を窺い、あわよくば三つの魔石を奪おうとしていた。

確かに彼の言う通り、試験官さんは二つのアイテムを持ってこいと言っただけ。他の参加者たちと交換しようが、金で買おうが、奪い取ろうが、手段は問わないということだ。

冒険者になりたいなら、それくらい自分の才覚で乗り越えてみせろ——おそらくそういう意図だろう。

リーダーの男が〝無理やり奪う〟という方針を固めたのを見て、左右にいた仲間と従魔たちが構えを取った。

見る限り、彼らの頭上を飛ぶ大きめのコウモリモンスターはリーダーの従魔で、毛深い狼頭の獣人型と猪型のモンスターは、横にいる二人の従魔だ。

詳しくは分からないけど、たぶん三匹ともDランク以上。

僕たちも対抗して身構える。

ライムを前に出し、後方に支援係のクロリアとミュウを控えさせた。

ちらりと窺うと、彼女は目の前で殺気立つ三匹のモンスターたちを見て、小さく震えていた。

たぶん、テイマー同士の戦いはこれが初めてなのだろう。

僕も魔興祭のときにリンド君と一度戦っただけなので、多少緊張はしている。

それでも彼女よりは慣れているつもりだ。

最初の相手は序列二位のBランクだったし。

気休めにもならないだろうけど、僕は背中を向けたままクロリアに声を掛けた。

「さっきみたいにやれば大丈夫。僕たちが前衛、クロリアたちが後衛だ。回復と支援でサポートをお願い。……それから、僕の独断でこんなことに巻き込んで、本当にごめん」

不安を取り払ってあげるつもりが、結局最後は情けない謝罪に変わっていた。

僕が大人しく取引に応じていれば穏便に済んだはずなのに。

そもそも、彼女の意思を確認すらしていない。

彼女は僕と組むよりも、この三人と組んだ方がいいと思っていたかもしれないのに。

そんな僕の不安を知ってか知らずか、クロリアは怯えながらも無理に笑みを浮かべた。

「いえ、大丈夫です。それに、巻き込んだなんて言わないでください。私たちはパーティーなんですから」

「……」

まるで心中の迷いを見透かされたかのような一言だ。

僕は照れくさくなって、つい頬を緩めてしまう。

何か気の利いた言葉を返したいところだったが、それよりも早く敵の従魔が動きを見せた。

敵は戦闘型モンスター三匹、こちらはひ弱なスライム二匹。

人生で二度目の対人戦が始まる。

3

「おい、お前ら、あれ使っとけ」

緊張に汗を滲ませている僕らの前で、リーダーの青年が仲間の二人に声を掛けた。

二人はそれぞれの従魔に短く命じる。

「【獣覚鋭敏】」

「【猪突猛進】」

主の声を聞いた二体の従魔は、目に見えて活力を増し、凶暴になった。

おそらく今のは身体強化系のスキル。

どんな効果があるのかは定かじゃないけど、穏やかなスキルでないのは確かだ。

「そんじゃ、行くぜぇ」

二体の従魔を確認したリーダーは、コウモリモンスターを頭上に従えて近づいてくる。

右には大型の猪モンスター、左には狼頭の獣人モンスター、そして正面には謎のコウモリ型モンスター。

これらすべてを相手にするには、何もかもが足りない。

【限界突破】はさっき使ったばかりで、今は使用不可。

こうなったら【分裂】と【自爆遊戯】の合わせ技で……

「ライム、まずは……」

「【地獄雑音】！」

ライムに対する僕の命令を遮って、リーダーの男は叫んだ。

瞬間、奴の頭上を飛ぶコウモリが、翼を激しくはためかせる。そして、その羽音すら掻き消すほどの甲高い声で鳴いた。

「キイィィィィ‼」

森全体に響くんじゃないかという、耳障りな鳴き声。

僕もクロリアも手で耳を塞いで顔をしかめる。

これが今、リーダーの男が命令したスキルなのか？

ただうるさいだけにしか感じない。

僕たちの体に異常が出ることも、奴の体が強化されているようにも見えない。

一見無意味に思えるスキルは山ほどあるが、なんの意味のないスキルは一つもないはず。

一体これはどんなスキルなんだ？

影響を確かめようとしていると、視線を彷徨わせているうちに、音はやんでしまった。

何がしたかったのだろう？

【威嚇】みたいに、動きを封じるものかと思ったが、体は自由に動かせる。

ただ鳴いただけなのかな？

そう思って首を傾げようとしたとき、足元の水色の影が、小さく震えているのに気付いた。

僕は膝を突き、相棒に声を掛ける。

「ライム、大丈夫？」

「キュル……ル……」

さっきの鳴き声を聞いたせいなのか、ライムは酔ったようにふらふらとしていた。

支障（ししょう）が出るほどの音ではなかったと思うけど。

すると後ろから、クロリアの焦る声が聞こえてくる。

「ルゥ君、ミュウの様子が！」

振り向くと、ミュウはクロリアの腕の中で、ライムと同じく目を回していた。

そこでようやく僕は、周りに起きている異変に気がついた。

ライムとミュウだけではない。

敵の従魔——コウモリ型モンスター以外の、獣人と猪も同様に苦しんでいた。

たぶん、あのスキルのせいだ。

「ライム！　ライム！」

「ミュウ、しっかりしてください！」

「無駄無駄ぁ！　そいつらにはもうお前らの声は届かねえよ！」

僕とクロリアが懸命に相棒に呼びかける中、リーダーの男が愉快そうに声を上げる。

歯を食いしばり、男の方を向くと、彼は頭上のコウモリを親指で指しながら言った。

「こいつは俺の従魔、ブラッドバット。んで、今使ったスキルは【地獄雑音（ヘルバットノイズ）】ってな、人間には不快な音にしか感じねえが、モンスターにとっては気分最悪なものらしいぜ。しばらくこいつらの頭の中はノイズだらけで、お前らの声は絶対に届かねえ」

……声が、届かない？

それはつまり、主人である僕たちの指示が一切届かないということなのか？

僕は腕の中で顔をしかめているライムを見つめて愕然とする。

なぜなら僕たちの声は、ライムやミュウの〝スキルや魔法の引き金〟となるものだから。

実質的にスキルや魔法を封じられているに等しく、戦闘力を根こそぎ削られたということである。

もちろん従魔の中には、肉体のみで戦う種族もいる。スキルや魔法を封じられても、そもそもの戦闘力が高い従魔なら、気にする必要はないのだ。

しかし僕たちの従魔は、スキルや魔法が戦闘の要と言ってもいい。

敵は、健在のモンスターが一匹に、身体能力に勝るパワー型のモンスターが二匹。

……最悪だ。

「あとはお前らの好きにしな」

『よっしゃー！』

突然窮地に立たされて呆然としていると、青年たちの高揚した声が聞こえてきた。

青年のうちの二人は、僕たちを指差し、己の従魔をけしかける。

彼らの従魔だって苦しそうに顔をしかめているのに、無茶なことをさせるものだ。

しかしよく考えると、事前に身体強化スキルを使ったのはこのための〝布石〟だったんだと分かる。

リーダーの従魔がスキルを封じ、事前に身体強化をした従魔二匹が敵と戦う。

癪だけど、見事な連携だ。

彼らはテイマー戦に慣れている。

遅まきながらその結論に辿り着いた僕は、苦しむライムを抱き上げ、後方のクロリアの手を取った。

「クロリアこっち！」

「えっ⁉」

ミュウを抱えた彼女と共にその場から走り出す。

今はとにかく逃げるしかない。

あそこまで大見得切って喧嘩を売ったのに、あっさり逃げ出すなんて、なんとも格好悪いけど。

まさか、こんな状況になるとは思ってもみなかった。

心中で自分に対する言い訳を喚きながら、これからどう戦うかを真剣に考える。

その最中……

「ぐあっ！」

突然背中に激痛が走った。

追いつかれるのは承知していたが、いくらなんでも早すぎる。

姿をくらませるように木々の間を走っていたのに。

クロリアとともに地面にうつ伏せに倒れながらも、なんとか視線を巡らせて敵の姿を確認する。

するとそこには、奴らの仲間の一人が先ほどの猪型モンスターに跨る姿があった。

身体強化で素早さが格段に上がっているから、こんなに簡単に追いつかれたのか。

彼は地面に倒れた僕たちを見て、笑い混じりの声を上げた。

「おっとやべえ、ハピネススライムのテイマーちゃんまで巻き込んじまったよ」

その声に、遅れてやってきたリーダーともう一人が同じように笑う。

「おいおい、攻撃すんのは雑魚スライムのテイマーだけだぞ」

「テイマーちゃんはあとで俺たちのパーティーに勧誘すんだから。正々堂々とな」

先ほどの僕のセリフを引用して、彼らは盛大に笑い声を上げた。

痛みのせいで言い返すこともできないし、悔しがる余裕すらない。

僕はどうにか膝を立てると、ライムを抱える腕とクロリアを掴んだ手に力を込めて、再び走り出した。

彼女は辛そうに顔をしかめながらも、なんとかついてくる。

三人組との距離は開いていくけど、どうせまたすぐに追いつかれてしまうのがオチだ。

僕たちの足ではあの猪型のモンスターからは逃れられない。

そうと分かっている僕は、同じ過ちを繰り返さないために、走りながら視線を巡らせる。

そして見つける。

細身の僕ら二人が充分に身を隠せそうな茂みを。

躊躇うことなくクロリアとともにそこに飛び込み、息を殺して気配を隠す。

枝葉の隙間から見る限り、簡単に追いつけるという余裕からか、即座に追ってきてはいないようだ。

よく似た茂みが周囲にいくつかあるので、動かなければすぐに見つかることはないだろう。

小さく安堵の息を吐き、抱えていたライムを地面に降ろし、とっさに握ってしまったクロリアの手を申し訳ない気持ちで放す。

彼女は声を落として聞いてきた。

「こ、これからどうしましょう？　というよりルゥ君、大丈夫ですか？　さっきあのモンスターに……」

「う、うん。なんとか」

僕は無理に笑みを浮かべつつ答える。

そして足元にいるライムに声を掛けた。

「ライム、聞こえる？」

「キュル……ルゥ……」

ライムは顔をしかめて頷く。

まだノイズとやらの影響が残っていようだけど、辛うじて僕の声は聞き取れているみたいだ。

聴覚(ちょうかく)封じの効果はせいぜい二分か三分といったところか。

これで封じられていたスキルをようやく発動できる……けど、どうする？

依然、状況は最悪と言ってもいい。

何か上手い奇襲(きしゅう)はできないか？

隙をついて攻撃しようにも、三人もいてはその隙を作ることだって難しいし、仮にできたとしても、接近する前にあの不快な音を出されたら終わりだ。

なら、ライムの耳を塞ぐか？

……いや、それくらいで音が完全に防げるとは思えない。そもそもスライムに耳があるのかも謎だ。

こうして考えている間にも、奴らは着実にこちらに近づいてきているはず。

僕たちが隠れたのを察知して、獣人種のモンスターの嗅覚(きゅうかく)を頼りに探しているのかもしれない。

いずれにしても、時間はない。

何か……何かないのか……

混乱した頭で思案するが、答えは見つからない。

焦る気持ちを抑えきれず、いつしか僕の呼吸は荒くなっていた。

今の状況で雑音を立てるのは、愚か以外の何ものでもないというのに。

不意に、右手が何かに触れた。

「……ライム」

「キュルキュル」

足元にいる相棒が、僕の気持ちを落ち着かせようと手を触っていた。

まだ敵のスキルのせいで気分が悪いだろうに、僕を心配してくれるなんて。

そのまま呆然と正面を見ると、そこには黒髪おさげの少女と、彼女に抱えられたハピネススライムがいた。

そうだ、僕は今一人で戦っているわけじゃない。

足元には生涯を共にする相棒が。

そして目の前には頼れるパーティーメンバーがいるじゃないか。

一人で悩むのは間違っている。

そのことをライムに気付かせてもらった僕は、ふぅ〜、と一つ息を吐く。

ゆっくりと目を閉じて、今度は冷静な頭で考えた。

今の〝僕たち〟にできること。

逃げ出すのではなく、この状況を打破する方法。

僕とライム、クロリアとミュウを合わせて、あいつらに勝つ方法。

目を開けて、眼前のパーティーメンバーたちに声を掛けた。

「ねえ、クロリア、ミュウ？」

「……な、なんですか？」

緊張した様子を見せるクロリアとミュウ。

僕は彼女たちの役割に見合った質問をした。

「回復魔法は、あと何回使える？」

＊＊＊＊＊

静寂に包まれた森の中。

風に揺れて枝葉が擦（こす）れる音に混じっているであろう人の足音を聞き分けようと、僕は懸命に耳を澄ます。

どれくらいそうしていただろうか、ついに奴らの笑い声が聞こえてきた。

獣人型のモンスターを先頭に立て、そいつの鼻を頼りに僕たちを追っている三人組。

ザクザクと地面を踏む音が段々とこちらに近づいてきて、僕の鼓動がさらに速まる。

息を殺し、手に汗を握る中、すぐ近くで草の揺れる音が聞こえた。

すかさず僕は弾かれるように立ち上がる。

抱えていたライムを胸の前に掲げて、相棒の名を叫んだ。

「ライム！」

その瞬間、奴らは僕たちの存在に気がつく。

見れば、彼らと僕たちの間には、歩いて五歩ほどの距離しかなかった。

彼らのうち二人は驚きに目を見張って固まっていたが、リーダーだけは冷静に反応して従魔をけしかけてきた。

不快な笑みを浮かべ、口を開く。

「ヘルバット……」

刹那、僕は彼の声を遮るようにして叫ぶ。

「【威嚇】！」

「キュル、ルゥウウウ！！」

ライムは僕の命令を聞き、最大の声量で鳴いた。

びりびりと空気を震わせて響く声。

衝撃波のごとく広がるその声は、森の木々を揺さぶり、地響きを起こし、目の前の敵を全員石のように固めてしまった。

獣種のモンスターが持つ固有スキル――【威嚇(ハウル)】。

敵の動きを数瞬だけ止める威圧スキルだ。

予め覚悟をして備えていれば効果はほとんどないが、油断している敵に放った場合はかなりの威力を発揮する。

それはマッドウルフ戦で痛感している。

先ほど僕たちは三匹のマッドウルフと戦い、三つの魔石を入手した。

戦闘中は、なんで三匹も出てくるんだよ、と心中で不満を漏らしたが、三匹出てきてくれたおかげで、僕とクロリアの分を除(のぞ)いても魔石が一つ余ることになった。

だから僕はライムにその一つを食べさせた。

【捕食】のスキルにより、【威嚇(ハウル)】のスキルを発現させるために。

敵が音のスキルで攻撃をしてくるなら、こっちも同じ音のスキルで対抗すればいい。

そうして相手に隙を生じさせ、そのうちに勝負をつける。

「今だ、みんな!」

敵が固まっているのを確認した僕は、再び叫んだ。

すると先ほどまで身を潜めていた茂みがガサガサと揺れて、中から五つの水色の影が飛び出してくる。

『キュルル！』

僕が抱えているライムを合わせて六匹。

【分裂】スキルで作り出したライムたちが、茂みの中から飛び出し、僕の前に横一列に並んだ。

数日前の魔興祭で、リンド君に種明かししたときと酷似（こくじ）しているが、今回はクロリアとミュウの手を借りて即座に大量の分裂ライムを用意できた。

回復魔法を使えば【分裂】後の体力消費はすぐに癒える。

そして僕は目の前に並んだ五匹の相棒たちに、短く指示を飛ばした。

「分裂ライム、敵に飛びつけ！」

『キュルル！』

五匹の分裂ライムたちは事前に打ち合わせていた通り、二、一、二の構成で分かれる。

まずコウモリ型のモンスターに、一匹の分裂ライムが飛びつく。

【威嚇（ハウル）】により体の自由を奪われたコウモリは、決して素早いとは言えない分裂ライムを避けることができなかった。

すかさず、僕は叫ぶ。

「【自爆遊戯（デッドリーボム）】！」

「キュルル！」

瞬間、コウモリに貼り付いた分裂ライムが、激しい光を放って爆発した。

高熱と爆風を巻き起こしてコウモリを襲う。

ズシンッ！　という衝撃が地面を伝って足まで届くと同時に、黒い影はぽとりと地に落ちた。

これで厄介なスキル封じはもう来ない。

一つの安心を手にすると、続いて猪型モンスターに貼り付いた二匹のライムに命じる。

「【自爆遊戯（デッドリーボム）】！」

『キュルル！』

分裂ライムの重なった声と共に、二つの爆音が森の中に響き渡った。

先ほどと同じように爆発が起き、熱風が頬を撫でる。

すると巨大な猪型モンスターは、プスプスと黒い煙を上げて横たわっていた。

手早く二匹目を倒したことを確認し、次いで残りの獣人種のモンスターに向き直る。

――最後の一匹！

先刻の二匹と同様、石のように固まっている獣人に、分裂ライムが触れようとした。

その瞬間、僕は口を開きかける。

「デッドリー……」

しかし……

動かないと思っていた獣人が、ぴくりと肩を揺らした。

それを見た僕は、慌てて声を張り上げる。

「――避けろっ！」

『キュル……！』

だが、数瞬遅かった。

獣人に飛びかかろうとしていた二匹の分裂ライムは、目の前で振られた爪を避けることができず直撃を受ける。

ザシュッ！　という鋭い音と共に、森の地面に水が滴る。

その直後、奴らの硬直がようやく解けた。

彼らは一斉に息を吐き出し、唯一立っている獣人に目を止めて、にっと頬を緩めた。

「獣人種のこいつには効果が薄かったみたいだな」

自分の従魔の傷なんか眼中にないのか、リーダーの男は得意げに笑って言う。

他の二人も〝あぁ、油断した油断した〟と、なんでもない様子で笑い合っている。

僕は目を細めて奴らを見据えた。

するとリーダーの男が、僕の腕の中にいるライムに目を向けて口を開く。

「それにしても、まさかこんなにあっさりCランクとDランクの従魔を倒すなんて、どうなってやがるんだ、お前のスライムは？　【威嚇】に【分裂】、それから自爆スキルの合わせ技。ますます意味不明だな」

リーダーの青年はお手上げと言わんばかりに肩をすくめ、次いで素っ気ない調子で続けた。

「ま、分裂が底を尽きたってことは、あっちのスライムはもう回復魔法を使えねえってことだよな。で、どうするよ？　万事休すだぜ」

残っているのは獣人モンスター一匹と、Fランクモンスターのライム一匹。

それと、茂みの中に隠れたままのハピネススライム、ミュウ一匹。

確かに、万事休すかもしれない。

先ほどの奇襲だけですべて終わらせるつもりだったが、まさか【威嚇】が効かないモンスターが奴らの中にいるとは予想外だ。

獣種のモンスターのスキルは獣人種のモンスターには効きづらいということか。スキルの種類や条件次第だと思うが、一応覚えておこう。

僕は小さく息をつき、腕の中のライムをそっと地面に降ろす。

その様子を見ていた三人組は、〝降参か？〟と面白そうに聞いてきた。

だけど僕は、それには答えず、奴らを睨み返す。

そしてライムと共に全力で走り出した。

眼前の敵めがけて地面を蹴り、お守り代わりに持ってきていた木剣を腰帯から引き抜く。

「破れかぶれで突っ込んで来んのかよ！」

ニヤリと嫌な笑みを浮かべ、奴らは獣人種のモンスターを盾にするように前に出した。

本来ならこうして僕が前に出て戦うことはほとんどないのだが、今はこれしかできない。

パルナ村でいじめに遭っていた虚弱男子の僕では、どう足掻いても目の前の獣人には勝てっこない。

けど、隣にいる相棒と一緒ならきっとやれる。

それに、保険は掛けておいた。

「ガキは無視だ！　スライムを叩け！」

獣人の主人がそう叫ぶと、眼前のモンスターは【威嚇】さながらの咆哮を上げた。

僕とライムは、右左に分かれて奴を挟み撃ちにする。

獣人は、先ほど分裂ライムを一撃で消した爪を、今度は本物のライムに向けて振るった。

僕の目の前で、相棒のライムが敵に傷つけられる。

その光景に叫び出したい気持ちを抑えながら、僕は木剣を両手で握りなおした。

ここで僕が怒りに任せて暴れたら、ライムの頑張りが無駄になる。

本当なら避けられたはずの攻撃をわざと受け止めて、敵の隙を作ってくれたのだから。

僕は上段に剣を構える。

今までで一番の力を込めて、血が滲むほどに強く握りしめる。

この戦いは、僕一人だけで挑んでいるわけじゃない。

もちろん、ライム一匹だけで戦っているわけでも、戦わせる気もない。

僕たちは一緒に戦って、一緒に傷つく、相棒なんだ。

ライムが二匹を倒したのなら、せめて残りの一匹は僕が……

「う……らあああぁぁぁ！」

全力で、上半身ごと全体重をかけて、獣人の首裏に剣を叩きつけた。

ガツッ！　と鈍い音が響き、剣を伝って両手に衝撃が走る。

ゴブリン戦の時よりも強度が増していた木剣は、前回のように砕けてしまうことも、そのまま獣人を地に叩き伏せることもなく、毛深いうなじに当たって動きを止めた。

剣を打ち込んだまま固まる僕と、打たれたまま止まる獣人。

〝無駄な足掻きだ〟と言いたげに僕を見ている男たちの前で、ぐらりと体が揺れた。

揺れたのは、攻撃した反動で怯んだ僕の体……ではなく、無防備な背後からの攻撃をまともに受けた、獣人型モンスターの毛深い体だった。

そのまま獣人は森の地面に倒れ、縫い付けられたかのように動かなくなる。

後ろに隠れていた男子三人組は、目を見張って倒れた獣人を見つめた。

饒舌だったリーダーの男も、今回ばかりは口を固く閉ざして固まっている。

僕が肩慣らしに木剣を一振りすると、三人は慄いてわずかに身を引いた。

まるでとんでもないモンスターに会ったみたいな反応だ。

「お前……その力……」

「な、何をしたんだよ……」

本来なら獣人ではなく僕が倒れているだろう場面で、どうして立場が逆転しているのか。

貧弱な少年が一撃で獣人を倒せた理由を、僕はため息混じりに話そうとする。

しかし茂みの中から出てきたクロリアが、代わりに説明をしてくれた。

「【ブレイブハート】。攻撃力上昇の効果を持つ支援魔法です。それをルゥ君に〝三回〟掛けました」

「なっ……三回……！」

驚くリーダーの前で、僕は歩み寄ってきたパーティーメンバーに苦笑しながら言う。

「さすがに一回だけじゃ力不足だと思ったからね」

「そもそも、モンスターと戦うために使ったわけじゃないですし」

そう言い合い、手を打ち合わせる僕たちの姿を、男子三人組は唖然として見つめていた。

――三人組がここにやってくる前に僕たちがしたこと。

それは、【分裂】のスキルと回復魔法を使って五匹の分裂ライムを生成することと、マッドウルフの魔石を一つライムに食べさせて【威嚇】のスキルを発現させること。

そして、事前に支援魔法を使って僕を強化することの三つだ。

【ブレイブハート】は支援魔法の一種で、対象の攻撃力を一時的に上昇させる魔法。

今回はそれをライムにではなく僕に、しかも三回掛けてもらった。

クロリアに聞いた話では、支援魔法は最大で三回まで重ね掛けできるということだ。

なのでその最大回数の【ブレイブハート】を掛けてもらい、万全を期することにした。

これが、貧弱な僕が、ただの木剣で獣人型モンスターを一撃で倒せた理由である。

僕は、右手にぶら下げた木剣を左腰に戻しながら、かすり傷を負ったライムのもとに歩み寄っていった。

そしてそっと抱き上げて、優しく頭を撫でてあげる。

その様子を見ていた三人組のうちの一人が、敗北を認めないとばかりに口を開いた。

「な、なんで支援魔法なんだ⁉　スライムの方に回復魔法を使えば、あと二回は【分裂】が使えたはずなのに！」

【分裂】だったら俺たちは負けていなかった――とでも言いたいのだろうか。

確かにあの場面で支援魔法を選ぶとは誰も思わない。

だからこそ彼らは、突っ込んできた僕を無視してライムの方に注意を向けた。

もし回復魔法でライムを癒やしていたとしたら、僕は確実に【分裂】と【自爆遊戯】の合わせ技を使っていただろう。

それが来なかったことを悔しがっているということは、たぶんその手を防ぐスキルか何かを持っていたんじゃないか。

真相は分からないが。

僕は疑問に満ちた目を向けてくる彼らに短く告げる。

「支援魔法じゃなきゃいけない理由があるんだよ」

そう口にして、倒れる従魔たちをちらりと一瞥しながらさらに続けた。

「もし従魔が倒れた後であなたたちが襲いかかってきたら、それを押さえられる力がないといけない。素の僕たちじゃどう足掻いてもあなたたち三人には勝てないから、攻撃力上昇の支援魔法を僕に掛けておいたんだ。ライムに支援魔法を掛けるって手もあったけど、これぱっかりは、僕がやらないと……なんかダメな気がして」

人を押さえるのは人がやらなきゃいけない。それが当然のことだと思った。

その僕の言葉を聞き、彼らは口を閉ざしてしまった。

「それと、何か勘違いしているみたいだけど……」

僕は先ほどリーダーが発した言葉を思い出して続けた。

「僕たちが分裂ライムを五匹に抑えたのは、別にミュウの魔力がそれで限界だったからってわけじゃない。これにも理由がある」

三人組は無言のままこちらを注視し続ける。

数分前、茂みの中でひっそりと交わした会話。

〝回復魔法はあと何回使える？〟という僕の問いに、クロリアは〝あと九回はいけると思います〟と答えた。

だから僕は決めた。

この戦いの結末を。

僕は、こちらを畏怖する目で見てくる青年たちに近づき、精一杯の強気な態度で言い放った。

「トレードだ」

「……はっ？」

「あなたたちの従魔三匹を回復魔法で治療する。その代わり、フェイトの花をどこで取ったのか、教えるんだ」

そう言うと、彼らは呆然として互いに目を見合わせる。

が、すぐに鋭い目つきを取り戻し、悔しげな声を漏らした。

「な、なんでそんなこと……」

「別に、僕たちはこのままここを立ち去ってもいいんだけど、それだとあなたたちの従魔が可哀相だ。従魔に罪はないから。それにフェイトの花探しも時間がかかりそうだし、より確実を期すためにも、すでに花を入手している人に話を聞いた方がいいかなって」

そこでいったん口を閉じ、相手を威圧するように少し低い声で続けた。

「何より、あなたたちは断れる立場にないと思う」

「えっ……」

「試験の残り時間はおよそ三十分。それまでに傷ついた従魔たちを回復させ、さらにマッドウルフ三匹を倒して街に戻るなんて芸当、できるとは思えない。だからフェイトの花の情報の代わりに回復魔法を使ってあげるって言ってるんだ」

これが、僕が考えた、この戦いの結末。

彼らの従魔を癒やし、その代わりに花の場所を聞くという、冒険者試験を優先したもの。

だからこそ僕はあのとき、回復魔法が何回使えるか聞いたのだ。

元々彼らの従魔を傷つけたまま終わりにするつもりはなかったし、何より、この人たちと一戦交えてしまったせいで、試験時間は残り少なくなってしまったのだ。

本当ならもっと高い代価を要求したいところだし、トレードなんて言わず無償提供してほしいくらいなのだが、ここはぐっと我慢して、せいぜい格好をつけてみる。

そして僕は、悔しさを滲ませる三人組に、ちょっとした皮肉を口にした。

先ほど彼らが発した言葉を、少しばかり引用させてもらったセリフだけど。

「まあこれだと、明らかに回復魔法の方がレアになっちゃうけど……どうする？」

このときはさすがに、支援魔法で強化されている僕でも、ぶっ飛ばされるんじゃないかと肝を冷やした。

＊＊＊＊＊＊

「今でも信じられません」

薄暗い森の中を歩いていると、不意にクロリアが呟いた。

「……何が？」

首を傾げる僕に、彼女は感慨深そうに語った。

「あんな大ピンチを乗り切って、またこうしてお花探しを続けていることが、なんだか夢のようだと思ってしまって……」

「ま、まあ、僕も同じ気持ちかな。あの人たちと話してるときなんか、生きた心地がしないくらい怖かったもん」

僕は先ほどまでの出来事を思い返しつつ苦笑する。

悪寒を払うように両腕を擦り、ついでに頭の上に乗っている相棒を一撫でした。

あの後、彼らは僕が持ちかけたトレードに応じた。

僕はフェイトの花をどこで取ったか聞き出し、回復魔法で彼らの従魔を治してあげた。

彼らは余分に花を持っていたみたいだけど、僕たちはそれを受け取らなかった。

自分たちで探すことを選び、森の散歩を再開させたのだ。

従魔が回復したところで再び襲われる危険性ももちろんあったけど、彼らは完全に戦意喪失していたから、そこまで警戒する必要はないと思った。

支援魔法の筋力強化が脅しになっちゃったのかもしれないけど。

「それにしても、本当にすごいですね、ルゥ君とライムちゃんは」

「えっ？」

「だって、ずっと怖がっていた私と違って、最後は冷静に作戦をまとめて、格好良く勝ったじゃないですか」

「……格好良く、かどうかは微妙だけどね」

行き当たりばったり。

機転を利かせた、と言えば聞こえはいいけど、実際は運任せで他人頼りな作戦だったわけだし。

格好良くはなかったかも。

それに……

「あの戦いは、僕らだけの力じゃなくて、クロリアとミュウがいてくれたから勝てたんだよ。今さらだけど、パーティーを組んでくれて本当にありがとうね」

「い、いえ、私からお願いしたことですし……」

僕は、数十分前に言いそびれたお礼を伝えた。

彼女は気恥ずかしそうに頬を赤く染めて、何かを誤魔化すみたいに腕の中の相棒を撫ではじめる。

本当に彼女たちとパーティーを組めて良かった。

あのピンチを乗り越えて、無事に試験の続きに挑めるのはもちろん、こうしてまたクリアとミュウと笑顔を交わすことができているのだから、これ以上言うことは何もない。

それにしても、本当に一時はどうなるかと思った。

こっそり胸を撫で下ろしていると、隣を歩く黒髪おさげの少女が前方を指さした。

「あっ、あれじゃないですか？」

見ると、木々が生い茂る森の中で、そこだけが円形の広場になっていた。

地面は芝が整えられ、日の光を遮らないように周囲の樹木の枝葉は綺麗に剪定されている。

まるで森に一つだけ作られた天国のようだ……と、柄にもなく思ってしまう。

「教えてもらった通りですね」

「うん。もしかしたら嘘をついているんじゃないか、なんて思ったりもしたけど、あの状況じゃそんな意地悪もできなかったみたいだね。ていうか、こんな〝いかにも〟な場所があったんだ」

僕たちは芝生の広場に足を踏み入れる。

少し視線を彷徨わせると、すぐに特徴的な花びらを持つ白い花が見つかった。

まるで恥ずかしがっているかのように、周囲の芝から控えめに顔を出す真っ白な花。

僕とクロリアは顔を見合わせて頷き合う。

その一本に近づくと、都合のいいことに、さらにもう一本白い花が咲いているのが見つかった。

「……ルゥ君」

「……」

クロリアは小さく僕の名を呼ぶと、腰を下ろして二本の花を摘み取った。

そのうちの一本をこちらに手渡し、しばらく僕たちは無言で花を見つめ続ける。

花を手に入れた喜びと、本当に窮地を乗り切ったという実感が湧いてきて、いつしか互いに笑みをこぼしていた。

僕たちはその気持ちを分かち合うように、笑顔で手を打ち合わせ、足早に街へと戻ったのだった。

4

グロッソの街、正門前。

冒険者試験が始まる直前に、二百人近い参加者たちが集まっていた場所だ。

フェイトの花の回収を終えた僕たちは、残り試験時間がないこともあって急いで森を抜けた。

帰り道ではモンスターに襲われることも、はたまた他の参加者に襲われることもなく、一直線でこの場所に帰ってくることができた。

おそらく試験終了間際（まぎわ）だったから、モンスターも狩り尽くされ、参加者たちもみんな集合場所に戻っているのだろう。

そして今、僕とクロリアはシャルム試験官のクールな視線を浴びていた。

彼女は僕たちが差し出した四つのアイテム——マッドウルフの魔石二つとフェイトの花二つ——に目を落とし、時々こちらの表情を窺うように赤い瞳を上げる。

やがて、すぅ〜っと大きく息を吸い込んだ彼女は、艶（つや）やかな唇から判決を下した。

「合格だ」

『……!!』

「君たちは合格だ。これで晴れて、冒険者の仲間入りということだよ」

気付けばそこには、ずっと険しい表情で参加者を威圧していた試験官の姿はなく、優しい笑顔でこちらを見る超絶綺麗な赤髪のお姉さんがいた。

僕は彼女の姿に見惚れてしまい、しばし固まる。

だが、隣にいるパーティーメンバーに肩をとんとんと優しく叩かれて、現実に戻った。

僕らは、試験官の目の前で〝やったー!〟と、年甲斐もなく――でも上の人たちから見れば年相応と思われるだろうはしゃぎっぷりを見せた。

しばし人目も忘れて喜び合っていると、シャルム試験官は苦笑しながらも、意外な一言を口にした。

「しかしまさか、スライムテイマーのパーティーが一番乗りとはな」

『えっ……?』

僕たちは他の参加者たちよりかなり遅れていたから、最後に森を出たに違いないと思っていたのだが、どうやらそれは勘違いだったらしい。

その言葉にクロリアはぽかんと口を開け、僕は反射的に聞き返す。

「他の人たちは、まだ誰も戻って来てないんですか?」

「あぁ。諦めて帰っていく者なら何人かいたが」

ちらりと街の方を見ながらシャルムさんは頷いた。

試験時間は残り十分。試験開始からほぼ二時間過ぎたことになる。

なので僕はてっきり、すでに合格者が出ているだろうと考えていた。

まさか僕たちが最初の合格者だったとは……

試験内容が発表されたときは不満の声が上がっていた割に、あまり難しい課題ではなかったと思うけど、どうして他の人たちは戻ってこないのだろう？

そんな僕の疑問を感じ取ったのか、シャルムさんは小さくため息を吐きながら教えてくれた。

「まあ今月は参加者を装った〝もぐり〟が多かったからな。真面目に試験を受けている奴は多くない」

「……もぐり？」

「あぁ。毎年必ずこの時期に現れる悪徳商売人たちだ。奴らは余裕がない新人テイマーたちの心につけ込み、試験アイテムを高額で売買している。金を持っていない者に対しては、冒険者になった後で少しずつ返してくれればいいと、汚い契約を結んでな」

最初は何気ない口調で説明していたシャルムさんだが、次第に声が尖り、苦々しく口元を歪めていた。

参加者に紛れて新人テイマーたちにあくどい取引を持ち掛ける商売人か……そんなのが

本当にいたなんて。

　まあ、よく考えれば、今回の試験内容ならそういう悪人が出てきてもおかしくはない。

　思ったよりもその商売人の人数が多かったから、僕たちが一番乗りになったということだろうけど。

「真面目に冒険者を目指していた参加者が全然いなかった、というわけではないが、ここに集まっていたおよそ二百人のうち、五十人近くはもぐりだったと私は見ている」

「そ、そんなにですか⁉」

「まあだからこそ、この時期の試験官は私が務めることになっているんだがな」

「……ど、どうしてですか？」

　と、今度はクロリア。

　シャルム試験官は首を傾げる僕たちを見ると、にっと男子の僕よりもかっこいい笑みを浮かべて上空を指す。

　すると驚くことに、空から一匹のモンスターが舞い降りて、ピタッとシャルムさんの細くて長い指の先に止まった。

「こいつが私の従魔だからだ」

　彼女の指先に止まったのは、コウモリのような形の赤い翼を生やし、目玉そのものが空を飛んでいるみたいな外見のモンスターだ。

「こいつは悪魔種のモンスター『レッドアイ』。偵察係として森を巡回し、怪しい奴らを片っ端から知らせてくれる。そのあとギルドに控えているうちのスタッフたちがそいつらを捕まえに行く、という流れだ」

「な、なるほど」

目の前で瞬きをするそのモンスターを見て、僕は若干身を引いた。

モンスターというにはあまりに小さいサイズで、可愛いと思う人もいるのだろうけど、僕は単純に怖いと感じてしまう。

さっきコウモリ型のモンスターに痛い目に遭わされたしなぁ。

しかし、そう思っているのは僕だけだったらしく、クロリアはまるで怖がる素振りを見せていない。

さらに、僕の頭の上にいるライムは興味津々の様子で身を乗り出し、クロリアに抱えられたミュウに至っては〝ミュミュウ〟と鳴いて挨拶（？）をしている。

するとシャルム試験官は、なぜか一瞬目を伏せると、労いの言葉を掛けてくれた。

「君たちも随分苦労したみたいだな」

「えっ……な、なんのことですか？」

「あの三人組のことだよ。三対二のテイマー戦なんて、ほとんど勝ち目はなかっただろうに」

「み、見ていたんですか……」

「あぁ。盗み見するようなことをして申し訳なかった」

「い、いえ。事情が事情ですし……」

「まあ、そういう監視をする旨は、参加申込書の注意事項に遠回しに書いてあったんだがな」

そう言って微笑むシャルム試験官に面食らって、僕は固まってしまった。

注意事項には命の保証や怪我の責任云々みたいなことが書いてあったと記憶しているが、まさかそんなことまで記されていたとは。

もっとよく読んでおくんだった。

まあ、ストレートに〝監視しています〟なんて書いたら、その〝もぐり〟の参加者たちが警戒して悪事が明るみに出ないなんてこともあっただろう。

「とにかく、二人とも無事でよかった。まあ試験の内容が内容だけに、ああいう連中が出てくるのも当然だ。でも、冒険者になればあんなことは日常茶飯事。もっとあくどい奴らと渡り合わないといけないこともある。今のうちに覚悟と実力を付ける意味でも、ああいったトラブルは経験しておいた方が良いと、私たちは考えているんだ。まあ……こう言ってしまうと、言い訳がましいことこの上ないが」

「い、いえ、そんな……」

僕はぎこちなくかぶりを振る。

あの三人組とのトラブルは確かに驚いたけど、そういうことも含めた冒険者試験だと理解している。

あれくらいのことを乗り越えられないなら、冒険者になんてなれっこない。たとえなれたとしても、その後もっとキツイ思いをするはずだから。

だから僕たちもこれで安心してはいけない。

ここからが始まりだ。

覚悟を新たにしていると、シャルム試験官は僕とクロリアの肩をポンと叩いて柔らかく微笑んだ。

「それじゃあ、遅ればせながら、冒険者試験お疲れ様。それと合格おめでとう。さっそくギルドに戻って、冒険者の証、ギルドカードを受け取るといい」

「は、はい。ありがとうございます」

僕たちは背筋を伸ばして彼女に挨拶をし、それを最後にこの場を立ち去る。

ちらりと後ろを振り返ってみると、赤い長髪を靡(なび)かせる試験官は、まだ誰かが戻って来るのを期待して、森の方を見据えて佇(たたず)んでいた。

＊＊＊＊＊＊

「そ、それじゃあ、とりあえず、お疲れ様」

「はい、お疲れ様です」

「キュルキュル」

「ミュウミュウ」

冒険者ギルド入り口の右手にある酒場。

僕たちはその端っこにある四人用の円卓につき、控えめにグラスを合わせている。

ギルドに戻って試験の報告を終えた僕たちは、シャルム試験官に言われた通り、ギルドカードを受け取った。

その後、冒険者登録の手続きや冒険者に関する説明などを経て、ようやくこうして腰を落ち着けることができた。

正直、試験の疲れでクタクタだったので、あまり説明が頭に入らなかった。

後で改めてクロリアに聞こう。

でも今は何も考えず、この試験の打ち上げの雰囲気に身を任せたい。

僕は小さな樽を模したジョッキを胸の前に戻し、その中身に目を落とす。

タプタプと波打つ紫色の液体は、ここらでは割と王道な果実酒らしい。

僕はもう立派な大人なので、こういった席ではお酒を頼むのが普通——というより格好いいと思って、少し奮発してみた。

なのでこうしてクロリアと一緒に注文したわけだが……

しばしジョッキと睨めっこした後、意を決してジョッキに口をつける。

芳醇な香りとともに、甘いような酸っぱいような液体が口の中を満たす。

飲み込むと、喉の奥から鼻に抜ける、今まで感じたことのない刺激がやってきた。

それは段々と頭に上り、最後はかぁーっと顔が熱くなって……

ついに耐えきれなくなった僕は、思わずぼそっと漏らしてしまう。

「……うげぇ。あんまり美味しくない」

「えっ、そうですか？　結構美味しいような……」

どうやらクロリアはいける口らしい。

好みの問題もあるだろうが、僕にはまだ分からない味だ。

僕は果実酒の入ったジョッキをそっと相棒の方に移動させる。

〝キュル⁉〟と驚くライムをよそに、僕はクロリアたちに声を掛けた。

「それじゃあ改めて、僕たちとパーティーを組んでくれてありがとね。クロリア、ミュウ」

「い、いえ、最初に声を掛けたのは私たちの方なんですから、むしろお礼を言うのはこちらです。本当にありがとうございました」

「ミュミュウ！」

ぺこりと頭を下げるクロリアと、その隣で嬉しそうに体を揺らすミュウ。

その光景につい僕は笑みをこぼしてしまう。

すると頭を下げていたクロリアは、そのまま目を伏せて誰に言うでもなくぼそっと呟いた。

「本当に、ルゥ君たちに声を掛けて良かったです」

「……」

僕とライムは思わず顔を見合わせる。

なんだか、思った以上に感謝されているみたいだ。

本当ならここの酒代とおつまみ代を全部払って、こちらの方が感謝を示したいくらいなのに。

気のせいかもしれないけど、クロリアの表情は、心なしか暗い雰囲気を帯びている。

僕はそれを振り払うために、試験中ずっと気になっていたことを聞いてみた。

「あっ、そういえば、聞き忘れてたんだけど、どうしてクロリアは冒険者になろうと思ったの？」

「えっ……？」

「ほら、試験中に僕に聞いてきたでしょ。どうして冒険者になろうと思ったのかって。だから、僕も気になっちゃって」

言い終えた後で、今その話題を振るのはいかがなものかと、自分で疑問を抱く。

ここはもっと笑える話をするべきではないのか。なんならこういう酒場にぴったりな一発芸なんかして……などと色々思案してみるも、時すでに遅し。

僕は無駄だと分かりつつ、一言付け足した。

「い、言いたくなかったら別にいいんだけど」

「い、いいえ。別にそんな大した理由ではないので。それに、ルゥ君も話してくれましたし」

クロリアは苦笑しながらそう答えたので、僕は密かに胸を撫で下ろす。

同時に、その話についてかなり気になっていた僕は、前のめりになって耳を傾けた。

彼女は言いづらそうに目を逸らし、引きつった笑みを浮かべながら話してくれる。

「まあそのぉ、簡単に言ってしまうと……家出(いえで)したんですよ、私」

「えっ⁉」

「あっ、いえ、お父さんとお母さんはすでに他界(たかい)しているので、単純に家を出てきたと言いますか、村長さん公認で村から逃げ出してきたと言いますか……」

なんだか煮え切らない様子で少女は話す。

家出と聞いたときは驚いたが、それにしても、村長さん公認で村から逃げたとは一体どういうことなのか？

小首を傾げたまま話の続きを待っていると、クロリアは一呼吸間を置くように、果実酒を含んだ。

そしてふぅ～っと一つ息を吐き、たぶん暗くならないように意識して――明るい声色で続けた。

「この街から少し南に行ったところにある、クアロ村という小さな村が私の故郷なんです。クアロ村では昔から狩人や衛兵になるテイマー、つまり戦闘能力の高い従魔を呼び出すことで有名で、強いモンスターを授かった人ほど評価される伝統があります」

「へ、へぇ～」

まるでパルナ村みたいだ、と思わず返してしまいそうになる。

僕の故郷であるパルナ村は、召喚の儀でランクの高いモンスターが出やすく、優秀なテイマーを多く輩出することで有名だ。

対して彼女の言ったクアロ村という所は、単純に戦闘能力の高いモンスターを呼び出すことで知られているらしい。

それだけ聞くとよく似た村に思えるけど、さすがにパルナ村でも授かったモンスターが直接個人の評価に繋がるほど極端ではない。

僕はクロリアが同じような村の出身と知り、密かに嬉しい気持ちになる。

「私もその村の子供として強いモンスターを求められていました。亜人種のモンスターに獣種のモンスター、あるいはドラゴンや恐ろしい悪魔種のモンスターなど。ですが私が授かったのは、直接戦闘とは無縁の、とても可愛らしいこの子です」

彼女はそう言いながら、隣で卓上のおつまみをパクパク食べている相棒を撫でる。

「ミュウ」

ミュウは相槌を打つように一つ鳴いた。

話を聞くほどに、彼女と僕の境遇は似ていると思えてくる。

僕は冒険者になる夢を叶えるために強いモンスターを望み、結果としてこの水色の可愛らしい相棒を授かった。

そしてクロリアは強いモンスターを求められている状況で、直接戦う能力のないハピネススライムを授かった。

今となっては彼女も、僕と同じように〝この相棒を授かって良かった〟と思っているだろうけど、ここに至るまでに色々思い悩んだんじゃないかな？

黒髪おさげの少女は、僕のその想像を裏付けるような、決定的なことを口にする。

「そのせいで私は村でバカにされて、仕事もあまり与えてもらえず、最後には……その……ちょっとした意地悪まで」

「……っ！」

その言葉を耳にして、思わず僕は息を呑んだ。

反射的に歯を食いしばり、拳をぎゅっと握りこんで、震えそうになる体をどうにか落ち着ける。

悪い予想というのは、嫌なくらい的中してしまう。

実際に村での彼女の様子を見たわけではないが、たぶん僕と同じか、それ以上に酷い目に遭ったんじゃないだろうか……

僕の場合は前からそういう扱いを受けていたので、従魔を授かった後も大して変化はなかったと言える。

だけど彼女の場合は、従魔の召喚をきっかけに、それまでの人間関係がガラリと変わってしまった可能性がある。

それは僕が想像している以上に辛く、悲しいことに違いない。

クロリアは、そのときの出来事を思い出したのか、目を伏せて両腕で自分の体を抱いていた。

辛いことを言わせてしまったのを申し訳なく思い、僕は謝罪しようとする。

すると、クロリアの様子をずっと隣で見ていたミュウが、僕よりも先に彼女の前に出た。

そして〝ミュウ〟と控えめに声を掛ける。

「だから、私は村長のホロおばさんに頼んで、村を抜けさせてもらったんです。今度村に戻ってくるときは、クアロ村の人間として相応しいように、もっと強くなってくると」

そう言って顔を上げた彼女は、不思議と少し元気を取り戻していた。

「……それで、冒険者に？」

「はい。冒険者になれば、テイマーとしての技術を学びながら、生活費も稼げますし。それに、冒険者として成功すれば、きっと村の皆も認めてくれると思います。ミュウは、本当はすごいんだって」

クロリアは目の前にいる相棒の頭を優しく撫で、ミュウはそれに応えるように彼女の手にぐいぐいと頭を押し付ける。

やっぱり、クロリアと僕は似ている。

親子とか兄弟とかそういう感じではなく、まるで鏡写しのように。

経緯（けいい）や目的はどうあれ、自分の相棒のことをみんなに認めてもらいたいという、強い想いを抱いているのだから。

それにこの感情は、きっと僕たちじゃなきゃ気付けなかったものだ。

スライムテイマーの僕たちだからこそ、相棒の真の強さを知ってもらいたい気持ちが湧いてくる。

「やっぱり、ルゥ君たちとパーティーを組めてよかったです」

「えっ……」

「こういうことも普通に話せますし、それに、無理だと思っていた冒険者試験を一緒に乗り越えられたんですから」

そう言ってクロリアは、とびきりの笑顔をこちらに向けてくれた。

思わずその眩しさ——というか、可愛らしさに見惚れてしまう。

パーティーを組めて良かった。

それはこちらのセリフだ。

クロリアたちとパーティーを組んでいなかったら、僕だってきっと試験にも合格できていなかった。

何より、パーティーで行動するのがどれだけ頼もしく、楽しいことなのかを教えてもらった。

だからこそ僕は、彼女に伝えなければならないことがある。

僕は試験が終わったらそれを言おうと決めていた。

「あ、あのね、クロリア……」

僕はあちこちに視線を泳がせながら、口を開く。

「……？」

「え、えっと……」

でも、クロリアに見つめ返されると、続きが言えず、目を伏せて黙り込んでしまった。

意気地がないにもほどがある。

でも、言わなければならない。

僕たちはこのままパーティーを解散すべきだと。

冒険者試験が始まる前は、一緒に試験に挑んだ人とそのままパーティーを組んでいきたいと思っていた。

だけど、僕たちと一緒に試験に挑んだのは、スライム種ながらもCランクで、回復・支援魔法が得意なハピネススライムとその主人だ。

試験を通して、彼女たちの真の実力を知った身としては、素直にパーティーを組むわけにはいかない。

ただのスライムテイマーの僕なんかと小さなパーティーを組んで、その才能を埋もれさせてほしくないからだ。

クロリアとミュウなら、第一線で活躍している大規模なパーティーに、支援係としてすぐに加入できるはず。

彼女が冒険者を目指す理由を考えれば、なおさらそうした方がいいと思える。

有力なパーティーの一員なら、冒険者として箔がつく。彼女の目的である冒険者としての成功が約束されるのだから。

もちろん僕は、これからも彼女と一緒にパーティーを組んでいきたいと思っている。

けど……それは願ってはいけないことだ。

決して口にしてはいけないことだ。

結局僕は、なんと伝えれば良いか分からず、黙って簡素な木製のテーブルに目を落とすことしかできなかった。

ちらりと前方を窺ってみると、クロリアは不思議そうな顔でこちらを見ていた。

食事の手をピタリと止めて、じっと純粋な目を向けている。

僕は辛い現実から目を逸らすように、バッと顔を背けた。

すると視線の端に、隣に座る相棒の姿が映る。

普通の状況なら、さして気に留めることもなかっただろう。

しかし……

視界に捉えたライムの様子は、見るからに怪しかった。

なんか、色が違う？

若干顔に赤みが差しているような……

「どうしたのライム？」

「キュルゥ……」

ライムはどこか恥ずかしそうに、赤く火照った体をよじる。

最初は、僕が脇に避けた果実酒でも舐めて酔っぱらってしまったんじゃないかと考えた。

だけど、それにしては様子がおかしい。

何より、ジョッキに入った果実酒はまったく減っていない。

【限界突破（リミットブレイク）】が勝手に発動するわけもないし。

何事かと思ってライムを見続けていると……くりっと可愛らしい瞳がある一点で止まっているのに気がついた。

その視線の先には、おつまみに夢中になっている赤リボン付きのピンク色のスライム。

なぜ今ミュウのことを？　しかもそんなにじっと見つめて？

もしや、ライムもおつまみがほしいのかな？

……いや、そんな感じではない。

じゃあ、一体どうしたというのか？

僕は、ライムとミュウを交互に見ながら眉を寄せて考え込む。

すると、ミュウが食事を止めて、ひょいと食べかすの付いた可愛らしい顔を上げた。

その瞬間、ミュウに視線を向けていたライムが、ぱっと素早く目を伏せてしまう。

俯き加減になったライムの顔は、まるで【限界突破（リミットブレイク）】のように赤みを増し……今にも【自爆遊戯（デッドリーボム）】が発動するんじゃないかと思えるほど高熱を発していた。

――っていや、ちょっと待って。

「えっ、ライム、お前もしかして……!?」

「キュ、キュルゥ……」

赤くなった顔を覗き込んでみると、ライムは困ったように視線を泳がせた。

同じスライム種の女の子（たぶん）を見て、顔を真っ赤にし、目が合うと焦って逸らしてしまう。

つまり、〝そういうこと〟なんだろう。

ライムはたぶん、ミュウのことを、好きになってしまったんだ。

少々信じがたい話だけど、別にあり得ないことではない。

そりゃ、モンスターも人間と同じように、色々な感情がある。

ご飯を食べて美味しいと思ったり、好きなことをして楽しんだり、はたまた異性に恋をしたり。

一度パーティーを組んで苦楽を共にし、大きな壁を乗り越えたことで、そういう気持ちになっても不思議はあるまい。

それにライムは、戦いで負った傷をミュウに治してもらったのだから、なおさら意識してしまうだろう。

人間の僕から見ても、ミュウはとても可愛らしいと思うし。

ライムは顔を俯かせながら、時折ミュウを窺い見る。

しかし、鈍感なミュウはその視線にまったく気付かず、平然とおつまみを頬張った口をもぐもぐと動かす。

可愛らしくもいじらしいその光景を眺めて、僕はつい、パーティー解散の話を忘れて盛大に笑ってしまった。

そして、なんだか全部馬鹿らしく思えてきた。

ホント、今まで何を考えていたんだか。

パーティーを解散するとか、解散した方がクロリアのためだとか、なんで一人でずっと悩んでいたんだ。

ライムがミュウと一緒にいたいと思っているなら、それだけでいいじゃないか。

僕はしばらく、人目も憚らずに大笑いした。

ようやく落ち着きを取り戻すと、不思議そうな顔でこちらを見ていたクロリアとミュウに、改めて声を掛けた。

「あのさ、クロリア、ミュウ……」

「は、はい？」

「これからも僕たちと一緒に、パーティーを組んでくれないかな？」

ライムが背中を押してくれた。

僕に勇気を持たせてくれた。

クロリアとミュウは、しばらく呆然として固まってしまう。

やがてクロリアは可愛らしい童顔をくしゃっと綻ばせると、無垢な子供のように喜んで、ミュウと一緒に大きな返事をしてくれた。

「はい！」

「ミュミュウ！」

その答えに、僕とライムは彼女たち以上の笑みを浮かべる。

試験に合格したときより一層大きな声で、〝やったー！〟と叫んでしまった。

まだまだ色々な不安は残っている。

本当にこれでよかったのだろうかと思い悩む日も、きっと来るだろう。

でも今だけは、こうして素直に喜んで、騒いでもいいんじゃないかな。

だって、ここは年中お祭り騒ぎの冒険者ギルドで、僕たちは冒険者になったんだから。

こうして、目紛しかった冒険者試験が終わり、僕たちは念願の冒険者への仲間入りを果たした。

そして……相棒と同じくらい大切な、新しい仲間ができた。

あとがき

初めまして、作者の空水城です。

この度は、文庫版『僕のスライムは世界最強1』をお手に取ってくださり、誠にありがとうございます。商業デビューを果たして早三年半。皆様にご挨拶させていただくのは初めてになりますが、実はあとがきというものに密かに憧れておりました。

今回は、その機会を頂戴できてとても嬉しいです。


さて、まず本書を執筆したきっかけについて振り返ってみたいと思います。

それは私のモンスター育成ゲーム好きが動機にありまして、昔からいつかそのジャンルで物語を書く機会が得られたら、「絶対に少年の主人公とスライムの冒険譚を描きたい！」という想いがあったからです。

「少年＋スライム」というパーティに拘った理由は、単純にスライムが可愛いからということと、個人的にＲＰＧの序盤の雰囲気が好きだからです。まだ経験が乏しく、ひ弱な仲間達と試行錯誤して困難を乗り越えていく空気感を演出するには、この組み合わせがべストでした。さらに理想を言えば、不遇な立場に置かれた人間と従魔が、生涯の相棒として切磋琢磨しながら成長し、異世界で大活躍する物語にできればサイコーだな、と。

そんな感じで、本作は私好みのファンタジーの要素を盛りだくさんにした一品となっております。読者の皆様は、お楽しみいただけたでしょうか。

自分の書きたいように書いた作品が世に出るというのは、少々照れくさいものですが、今後も誰かの心に刺さるような作品を目指して頑張りたいです。

最後になりますが、Ｗｅｂサイトへの投稿時から応援してくださった読者の皆様、書籍から手に取っていただいた方々、また刊行の際にご尽力くださった関係者の皆様や素敵なイラストを描いていただいた東西様には、改めて心から謝意を捧げます。

それでは、また二巻でお会いできたら幸いです。

二〇一九年十二月　空水城

アルファライト文庫

この作品に対する皆様のご意見・ご感想をお待ちしております。

おハガキ・お手紙は以下の宛先にお送りください。

【宛先】

〒150-6008 東京都渋谷区恵比寿 4-20-3 恵比寿ガーデンプレイスタワー 8F
（株）アルファポリス　書籍感想係

ご感想はこちらから

メールフォームでのご意見・ご感想は右のQRコードから、
あるいは以下のワードで検索をかけてください。

アルファポリス　書籍の感想

本書は、2017年9月当社より単行本として
刊行されたものを文庫化したものです。

僕のスライムは世界最強 ～捕食チートで超成長しちゃいます～ 1

空水城（そらみずき）

2020年 2月 28日初版発行

文庫編集－中野大樹／篠木歩
編集長－太田鉄平
発行者－梶本雄介
発行所－株式会社アルファポリス
〒150-6008東京都渋谷区恵比寿4-20-3恵比寿ガーデンプレイスタワー8F
TEL 03-6277-1601（営業） 03-6277-1602（編集）
URL https://www.alphapolis.co.jp/
発売元－株式会社星雲社（共同出版社・流通責任出版社）
〒112-0005東京都文京区水道1-3-30
TEL 03-3868-3275
装丁・本文イラスト－東西
文庫デザイン―AFTERGLOW
（レーベルフォーマットデザイン－ansyyqdesign）
印刷－株式会社暁印刷

価格はカバーに表示されてあります。

落丁乱丁の場合はアルファポリスまでご連絡ください。

送料は小社負担でお取り替えします。


ISBN978-4-434-27043-7 C0193